ジャイロボール

中野祥太朗

ジャイロボール

もくじ

未完成集――

第一巻

中三の最後の夏、俺はすごい豪速球に出合った。そいつの球が俺の運命を変えるとは思わなかった。

1　最後の夏

地区大会の準決勝、勝てば県大会へと確実に進める大事な試合で、緑山学園付属は無名の十飛中学と対戦した。そして7回裏、緑山学園の攻撃は2死ランナー無しで3番のキャッチャー山岡を迎えていた。

スコアボードは4対0で緑山はパーフェクトで抑えられていた。

「山岡、打ってくれ！　お前にしか頼れない」

ベンチからは必死の応援が飛ぶ。

相手のエース知念が振りかぶる。投げた。

「頼む、当たってくれ」

しかし、ボールのスピードとキレには目を見張るものがあった。ボールの回転がバッター方向へ向かっている。そう、知念はジャイロボールを投げているのである。ビシーッ。ボールはキャッチャーミットに深く突き刺さった。

「ストライク、アウト。ゲームセット」

あれから2日。山岡はまたこのグラウンドを眺めていた。全国優勝5回、準優勝10回もしたことのある緑山付属初の地区準決勝での敗退。彼はキャプテンとしてやりきれない気持ちでいた。あんなに鮮やかに負けたのは生まれて初めてだったからだ。

するとそこへ、十飛中学のエース知念がやって来た。

「君は、知念君?」

「そうだけど、君は誰?」

有名緑山付属のキャプテンだと、彼はその時自信を持って言えなかった。

「緑山付属のキャプテンやってた」

「ああ、パーフェクトしたところか。あの日は運が良かったなあ」

「ビックリしたよ、君のジャイロボールには。キレとコントロールが抜群だったじゃないか」

「そうだね。でも僕は次の日、そのジャイロボールを投げても勝てなかった」

「えっ?」と山岡はとまどった。

「完敗だった。全国まではいけると思ったのに」

知念は悔しさを、右手の拳に握りしめていた。

山岡はそんな知念の姿を見て話を切り出した。

「だったら僕と組まないか?」

「えっ、でも俺は緑山に入るつもりはない」

「それでもいい、俺とバッテリーを組んでくれ、絶対甲子園に連れていくから」

すると、知念は目から大粒の涙を流した。

「そういうことを言ってくれる奴を待ってたんだ」

知念が右手を出すと、山岡もそれに応じた。

知念の涙はしばらくおさまらなかった。

2 縄代高校

山岡と知念は自分たちの力でなんとかチームを作ろうと考えた。彼らは来年創立する縄代高校で野球部を作るために、一生懸命に勉強と練習をした。

「おい山岡！　お前本当に緑山に来ない気かよ。お前の力ならレギュラー取れない訳じゃないだろ。何も無理しなくたって」

「ごめんな安達。これは俺が決めたことだ。敵同士になるかもしれないけど、お互い頑張ろうぜ」

「ああ、分かったよ」

「知念！　絶対甲子園に行けよ！」

「ああ、約束だ安岡」


それぞれの思いを胸に彼らは縄代高校に入学した。

そして部活を作るために、山岡と知念は積極的に声を掛けて回った。

そして、何とか10人が集まった。

「1年目から10人集まるなんて上出来だ。よし、さっそくグラウンドに行こう」

顧問は昨年まで卓球部の顧問だったという岩寄先生。野球の経験はゼロのため、期待は出来ないが、その分自分達で出来そうである。

「今日から野球部になった君たちに期待をすることは、やはり甲子園出場だ。すぐにとはいわない2年後、君たちが3年生になった時には行きたいと思っている。俺もその分一生懸命勉強するつもりだ」

聞いてみると案外熱血である。二人は逆に期待出来るとさえ思った。

「ここでキャプテンを任命する。山岡君」

「はい、緑山付属中から来ました山岡です」

「えっ、緑山付属ってあの甲子園の常連の?!」

皆がざわついたので岩寄が止めた。

「彼は、この高校を甲子園に連れて行くために自ら来てくれたんだ。その思いを分かってあげてくれ」

そして山岡は、強い思いをメンバーに伝えた。

「僕はここで革命を起こしたい。出来たばかりでもやれるんだということを証明したい。そして何より甲子園に行きたい！　以上です」

知念は拍手したが、他のメンバーはどこかよそよそしかった。

3　練習しない

「さあ、みんな練習だ！」

岩寄は、はりきっている。

「すみません。塾あるんで帰ります」

すると1―Aの黒ぶち眼鏡でひょろっとした黒瀬がとんでもないことを言った。

「ちょっと待てよ！　練習しないのかよ」

「キャプテンさん。僕はあなたに入ってくれと言われただけで、練習とかの強制まではされてません。だいたい僕は、受験に有利だから入っただけですよ」

「そんな…」

山岡の表情から力が抜けていく。

「分かった黒瀬。休んでいいぞ」

「監督、いいんですか」

「部活をやるやらないは自由だ。俺はやりたい奴に全力でつく。それだけだ」

「それじゃあ、皆さんで頑張って下さい」

そう言って黒瀬は小走りにグラウンドを後にした。

練習が始まった。メンバーはかき集めなので能力を測ることから始まった。基本のキャッチボールからノック、バッティングまで5週間でデータを取った。相変わらず黒瀬はグラウンドに現れなかった。

そして、土曜日の強化練習の日を迎えた。

「今日は、それぞれの適性を1週間測った結果を山岡から発表してもらう」

「どうだろう」

「俺、キャッチボールで落としてばっかりだったよ」

ざわつく中、山岡は人一倍大きな声でメンバーの結果を発表した。

「キャッチボール10点。走力5点。バッティング5点。守備力10点がそれぞれの満点。合計満点は30点としました。まず、僕山岡と知念君。合計28点」

「おおー」

「やっぱ緑山は強いな」

「でも、知念もすごいじゃん」

「続いては、20点が2人。橋北君と木村君」

橋北と木村は、ビックリしたような表情を見せた。

「橋北君は走力は満点だけど、守備やキャチボールに問題があるから頑張って」

「オス、がんばるっす」

「木村君は守備力は素晴らしいけど、送球が不安定だ。後は良かったよ」

「なるほど送球かぁ」

「続いて15点が3人。陽村君、戸村君、藤江君」

3人ともほっとした表情を浮かべた。

「陽村君の打力は他を上回っているよ。後は他を上げていこう。4番候補だよ」

「やったー。4番だ」

「戸村君のコントロールは素晴らしい。ピッチャー候補だ」

「藤江君のボールの速さと肩は、チーム一番だと思うよ。コントロールを上げればいいピッチャーになるよ」

「俺達ピッチャーだ」

それぞれが素晴らしい成長を見せてきていた。ただ、よせ集めだからこその穴もある。

「川上と吉田、それぞれ5点。君たちには、僕たちが基礎から教えていくよ」

山岡がそう言った時、吉田がおそるおそる手を挙げた。

「あ、あの、僕はもうこんな練習したくないです」

「お、俺も」

川上も同情する。

「一体どうしたんだ。何が問題だ」

「大ありだよ」

そこへ、いつも練習に来ていない黒瀬が現れた。

眼鏡もかけずにユニフォームを着てやる気満々の状態だった。

「何がだ」

山岡も反論する。

「お前らエリート2人に、出来ない奴の気持ちが分かるか？　しかも、川上の家は親が共働きで妹の世話があるし、吉田は名門の京東大学に行くために朝の1時まで勉強して、学費のために朝早くから新聞配達してるんだよ」

黒瀬の目は軽く血走っているように見えた。

「そうだったのか。でも、言ってくれれば」

「言えば俺と同じ立場さ。だから言えなかった。こいつらは優しいから、9人以下になると野球自体が出来なくなるからって。それで頑張ったのにこの結果だ。そうなるのは当たり前だろう」

「じゃあお前、どうなんだ」

ずっと口を閉じて聞いていた知念が口を開いた。

「俺は野球が好きだ。だけど、親に止められたんだ。肩をケガしてから」

「えっ。肩を」

山岡やみんなが驚いた。いつもの風ぼうからして、初心者だと思っていたからだ。

「それから、確実に自分の体を大事にしながら頑張れって言われて。スポーツはもう2年くらい本格的にはやってないんだ」

「じゃあ、なんでここへ来た」

知念は厳しく黒瀬に歩みよる。しかし、そこから出た言葉は思いがけない一言だった。

「諦めるな」

山岡は驚いた。一度挫折を味わったからこそ、より深く皆に伝わった。そう、彼は強くなったのだ。

すると、黒瀬の頬に一粒の涙がこぼれた。

「肩はもう片方残っているだろ」

知念が言うと黒瀬は涙をふき、こう言った。

「明日からがんばるよ。ただ、2人のことも考えてやろうぜ」

「おー!」

みんなが大声をあげた。初めて心が繋がった瞬間だった。

4　挫折

カキーン！　白いボールはスタンドを大きく超えていった。11対0。完敗だった。悪魔のような強い打球が十飛中野球部を襲った。

4回0対3、被安打10、四死球5、自責点7。これが知念の中3最後の結果だった。

3回まで知念はパーフェクトピッチングで、先頭の1番バッターを迎えた。

「この回も締まっていこう」

十飛中は緑山に勝った勢いもあり、波に乗っていた。しかし…

カーン！　力強い打球がセカンドを襲う。明らかに今までとは違っていた。打球を大きく弾きエラーでランナー1塁。ここから、悪魔に取り憑かれたかのようなメッタ打ちが始まった。

2番が絶妙なセーフティバンドで出ると、3番には確実に打たれて無死満塁。大ピンチになった。

「ここで逃げることは出来ない。力でねじ伏せる」

そして、彼はジャイロボールを選んだ。

大きく振りかぶると、今日一番のボールをミット目がけて投げこんだ。だが、そのボールはミットに収まることはなかった。

知念が気づいた時には、もうフェンスを越えた時だった。コーン。バックスクリーンに飛び込む特大のホームランだった。

その後、知念はもう一度満塁ホームランを打たれ完敗した。

知念は、挫折を味わった。

彼の野球センスは抜群だった。野球を始めてまだ3年なのに、エースになった。中1から始めたのである。

ただ彼は天狗にならなかった。それが十飛中を進化させた。そして緑山に勝ったのである。

知念はこの話を、山岡にだけ話していた。

自分たちの目標である、大明義塾に勝つために。

5　試合

今日は、待ちわびた試合の日だ。こんな無名校なのによく試合が組めたものだ。といっても、相手は弱小校。ここに勝てないようではまだまだである。

先発はもちろん知念。キャッチャーは山岡。ファーストはパワーバカの陽村。セカンドはすばらしく成長した川上。サードは肩が強くてピッチャーも出来る藤江。ショートは守備力NO．1の木村。レフトは右投げから左投げに変えて頑張っている黒瀬。センターは走力NO．1の橋北。ライトはフライをやっと捕れるようになったばかりの吉田である。戸村は控え投手でベンチスタートだ。

相手のグラウンドでの試合だが、観客は1人も見当たらなかった。

プレイボール！コールとともに知念が振りかぶり、ジャイロボールを投げ込んだ。ドスン。その音は四方八方に散った。相手チームが唖然としてしまっている。知念はこの回をリズムよく3人で抑えた。

1回の裏、橋北が左バッターボックスに立った。相手が投げたと同時にバントの構え。そして、3塁方向にボールを転がした。サードがボールを取った時には、もう1塁を駆け抜けていた。2番はバントを練習で一番多くやってきた吉田。もちろん岩寄監督からのサインはバントだ。

「大丈夫。出来るよ」

親友である川上からの応援に、吉田は頷いた。甘いカーブを、しっかり1塁側へとバントする。ライン上を転がる素晴らしい正確性のあるバントだった。

そして、3番山岡に一死二塁の場面で回って来た。さすがに山岡が元緑山付属ということが知られているらしく、外野は大きく下がった。

ただ、それをあざ笑うかのように、普通のセンターへのクリーンヒットを打った。ランナー一塁三塁でパワーNO.1の陽村が、大きな体でどしっとバッターボックスに立った。

そして、インコースのストレートを豪快にもっていった。場外ホームランだ。

「まったく、楽に投げられそうだ」

知念はこの時こう思った。

キキーッ。1台の自転車が、バックネットで止まった。

「新しい学校か。面白そうじゃん」

そういって茶髪の男はにやりと笑った。

6 親友

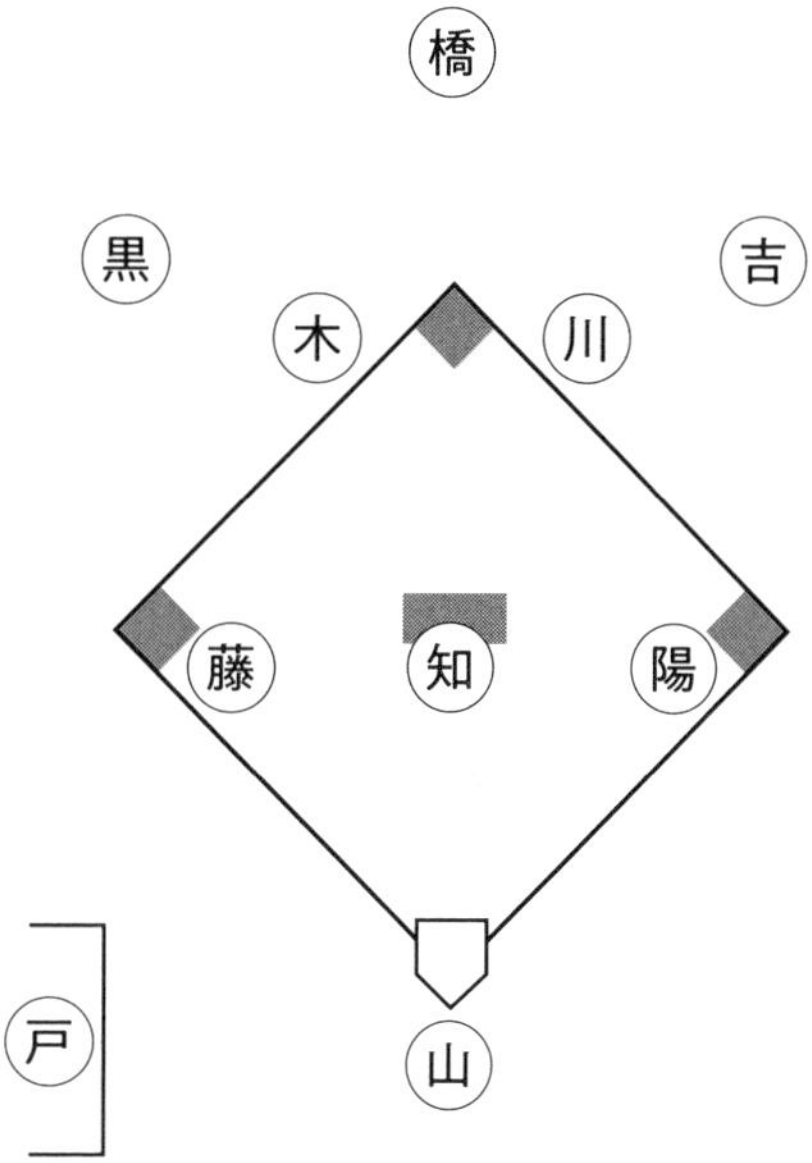

試合は、6対0で縄代が勝った。知念はパーフェクトで8回まで。戸村が9回を3人で抑えた。陽村の一発と、黒瀬、川上のタイムリーが効いた。

「オーイお前らー」

試合後、あの茶髪の男が声を掛けてきた。

「あっ、あいつは。ヤス」

「知念、知ってるのか」

「ああ、親友だ」

その時、知念は目に涙をためていた。

「いいゲームじゃん」

「来るなら言えよ。今までどこに行ってたんだよ」

ヤスの前で知念は泣き崩れた。


「あれは、悪夢だった。そして俺は、野球をやめたんだ」

皆の前でヤスは話をし始めた。ヤスは安岡といって、十飛で7番サードだった。

「俺は、3塁側のベンチで奴らが話をしているのを聞いたんだ。3回までは夢を見させてやろうって言っているのを」

皆は驚きを隠せなかった。部屋の空気は張りつめていた。

「そ、それはどういうことだよ」

山岡は戸惑った。目が泳いでいた。

「俺も、本当は投げていて気づいていたのかもな。奴ら、打つ気が全く感じられなかったんだ」

くそーというように、知念は壁を思い切り殴った。

「皮肉なもんさ。あれだけの差を見せつけられて。立ち直れたのは知念とキャップぐらいだろう。後はほとんどショックで引きこもったりしている」

「そんなに強烈なのか」

「打球が強烈とかじゃない。奴らは皆、笑いもしないんだ」

背中にぞくっと何かが走るのを感じた。気味が悪い。まさにそういう心理状態だろう。

「まあ、でも君達の試合を見て元気が出たよ。頑張ろうと思えた」

さっきとはうって変わって、安岡は心から晴れた表情を見せた。知念はほっとしたように言った。

「それなら、本当に本当に良かった」

安岡が知念の肩をポンポンと軽く叩いた。

「打倒、大明義塾の夢は託す。だけど最後に勝負しよう」


全員がグラウンドに集まった。

「出会った時以来だな、真剣勝負は」

「あの時はヤスにホームランを打たれたな」

「えっ、あの知念がホームランを」

黒瀬が言う。皆びっくりしている。中1で始めたのだから無理もないだろう。

知念は振りかぶり、ジャイロボールをド真ん中に投じた。安岡は見送る。やはり速い。

「やっべ、打てそうにないわ」

次の球も空振りして追い込まれた。そして、最後の球も空振りした。フルスイングだった。2人の親友は握手をして、お互いの健闘をたたえあった。3年間の思い出を噛みしめ合いながら。知念の顔にはもう涙は無かった。

7　大明義塾

カーン、カキーン。快音がこだましているグラウンド。5回終わって1対0。

「見ろよ。出て来たぞ」

「あれが一軍か」

「ほとんどが一年らしいぞ」

ドスン。観客が話をしている間に、ボールはバックスクリーンに吸い込まれていた。

「急げー。終わっちまうぞ」

縄代の選手達は大慌てで階段を登った。スコアボードは1―10。4番がバッターボックスに入るところだった。

「うそだろ。学校出た時は1―0で負けてるって言ってたのに」

山岡は息を飲んだ。初球のストレートは、もはや奴にとってはバッティングピッチャーのボールなのだろうと思わせるような、素晴らしい場外ホームランだった。

「何か見る価値なかったな」

「自信を無くすだけだよ」

吉田は、ひどく臆病になっていた。

「でも、俺らはあそこに勝つのが目標っすよ」

橋北が必死で励ます。

「あんな強いのとよく戦ったね」

マイペースな陽村が知念の気も考えずに聞いたので、みんなはすぐに陽村の口を塞いだ。

「ばかか、今聞く必要ないだろ」

ささやき声で戸村が怒る。

「だって本当のことじゃん」

皆は何も言えなかった。すると、知念はベンチに腰掛けてこう言った。

「あの時より、更にレベルが上がってる。俺が頑張って強くなった5倍も上をいってる。くそー！」

知念は持っていた空き缶を床に投げつけた。

「やあ、知念君」

すると、そこには一年生にして1番を打っている大明のチーター、猿跳真《さるとびしん》がいた。

「何の用だ」

挑むように山岡が遮る。

「いや、特には。ただ、昔の輝いていた知念君とは別人のようだったので」

「余計なお世話だ。お前らに覚えてもらってるだけでも光栄さ」

「まったく情けない。君も私を楽しませてくれないんですね。骨のある奴が、高校野球界にはいないんですかね」

怖いくらい無表情だ。本物を見て吉田はくらっと倒れてしまった。みんなが駆け寄る。

「大丈夫か」

「あの人達には感情が無いんでしょうか」

「さあな、ただ、こんなに野球を遊びみたいに考えてる奴らに、負けたくないって全員が思ったはずさ」

黒瀬が力強く言い放った。顔つきが段々変わっていくのを山岡は感じた。

「みなさんのやる気に、私も興味がわいてきました。後はエースの気持ちでしょうかね。では、また」

猿跳は悪魔のような笑みをうかべて一瞬で消えた。吉田は、立ち上がったのも束の間、また腰を抜かしてしまった。

知念は、みんなが帰って後もベンチに座りこんでいた。


「おりゃー、どんなもんじゃ」

ある高校では、新しい風が吹き荒れていた。

8　覚悟

「俺、試合までの1カ月、練習を休ませてくれませんか」

知念が急にこんなことを言い出したのは、それから1日後のことだった。

「どうしたんだ、急に」

「俺、今のままじゃ駄目だと思うから。自分なりに1カ月トレーニングして大明義塾に通用するようになりたいんです」

「お前の気持ちはよく分かった。そこまで言うということは、あてがあるんだな」

岩寄が言う。知念は決意の目で
「はい」

と頷いた。

「じゃあ一つ、お前が休むかわりに条件を出す。うちはお前が抜ければ9人になってしまう。だから、1人連れてきてほしい。そうしてくれれば助かるだろう。お前らもそうだろう」

皆が頷く。

「分かりました。必ず探してきます」

「じゃあ、そうと決まれば円陣でも組むか」

「そうだな。知念の進化に期待して。そして俺達もレベルアップするためにも決意の円陣だ」

黒瀬が提案すると木村がのった。

「おう、するっす」

「まあ、しょうがないか」

岩寄も入れて12人が円陣を組む。

「縄代高校野球部。いくぞー!」

「おおー」

そして彼らは、それぞれの決意を固めて走り出していった。

9 伝説の男と伝説の大会

その男は急に現れた。そして、伝説の大会で輝いた。甲子園で行われる大会しか我々は実際に目にしない。ただ彼はその甲子園に出ずに伝説になり、プロに行った。

裏甲子園と呼ばれる大会が、4年に一度開催される。この大会には、選ばれた100校が出場する。

選び方は2大会連続で出ていないか、甲子園に出場していないかを条件に選ばれる。

そして、その大会の優勝校は、次の年には数多くが甲子園に出場するという伝説の大会だ。

彼は車田剛。高校生初のジャイロボールを投げる、ジャイロボーラーだった。彼が有名になったのはいまや幻の変化球、スカイボールも使っていたからである。ジャイロボールはボールの軌道が打者に向かっていき、そのため打球があまり飛ばないという性質がある。スカイボールはその上を行くボールで逆転の発想である。逆に打たせるというボールだ。

普通のストレートの5倍の回転をかけて必ずド真ん中に投げる。打者はくる場所がわかっているので、そこで思い切り振ると不思議と全部がフライアウト。かといって見逃せばストライクという何とも素晴らしいボールだった。

しかし。彼のボールは甲子園の名スラッガーG・マティーに打たれてしまう。それから何度か使ったものの、プロ生活ではスカイボールは打たれなかった。そして、彼しか投げられないボールだった。

今、車田が何をしているかは分からない。

10　変化球

「G・マティーさんですか?」

「ハイ、ソウデスヨ」

知念は、あの甲子園の名スラッガーG・マティーの元を訪れていた。マティーは5年前までプロにいたすごい選手で、通算500本の本塁打を放った。どうして、そんな人に知念が会えたのだろう。それは、一本の電話からだった。

「もしもし、知念始君かい」

「はい、そうですが……」

「私はG・マティーのマネージャーの今野です。実は君の出ていた中学校の大会を偶然にも目撃してね。ぜひとも会いたいというんだ」

「えっ…」

その電話は、大明の試合を見た次の日の朝にかかってきた。タイミングが良すぎると疑問に感じながらも彼は承諾した。プロが会いたいと言うなんて、めったにないことだからだ。


「キミニハ、ヒトツ、ダメナトコロアルヨ。ソレハ、キメダマナイコト」

「決め球?」

「ソウ、バッターオサエルニハ、ジシンアルヘンカキュウナイトダメ」

「そうか、だからストレートが多くなって打たれてたのか」

「キミノ、キュウシュハ?」

「スライダーとストレートだけです」

「ジャア、ジブンニアッタボール、ミツケヨウ」

そう言ってマティーは動き出した。

「ちょっと待って下さい。なぜあなたは僕なんかに興味をお持ちになったんですか？」

さすがに難しかったらしく通訳を通した。

「ムカシイタヤツニニテル。ゴウ、ニ」

「剛って、あの車田さんにですか」

「ソウソウ、ダカラキタイシテルヨ」


これから1カ月で知念はどうなっていくのだろう。縄代は秋の大会を制することが出来るのか。そして、他校の動きはいかに……

第一巻　ここに完結
次のページに相関図

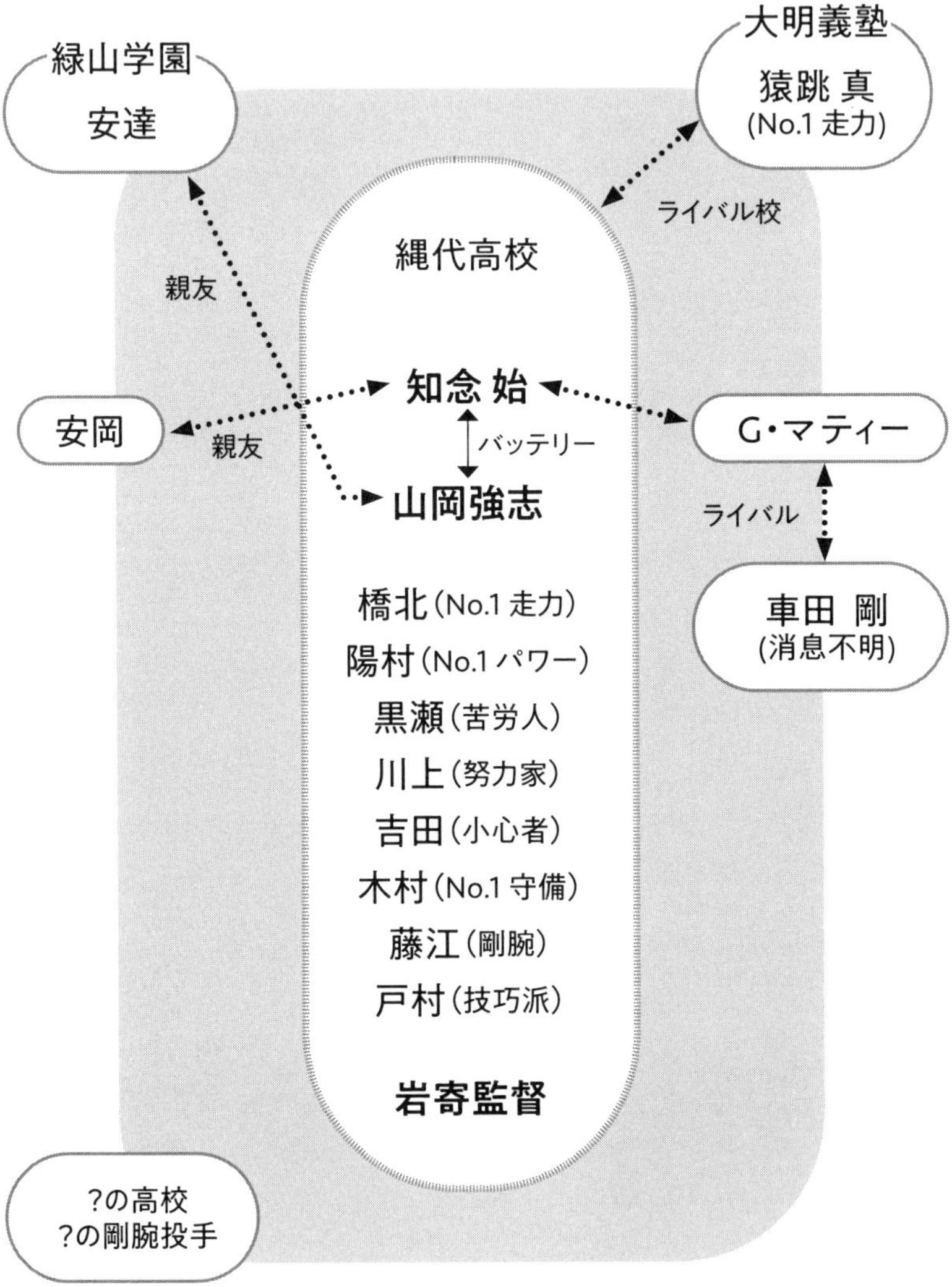

緑山学園
安達
大明義塾
猿跳 真
(No.1 走力)
ライバル校
親友
縄代高校
知念 始
安岡
親友
G・マティー
バッテリー
山岡強志
ライバル
車田 剛
(消息不明)
橋北(No.1 走力)
陽村(No.1 パワー)
黒瀬(苦労人)
川上(努力家)
吉田(小心者)
木村(No.1 守備)
藤江(剛腕)
戸村(技巧派)
岩寄監督
?の高校
?の剛腕投手

第二巻

11　新入部員

知念が特訓を始めて1週間たっても、誰も新人部員は現れなかった。

「まあ、普通そうだよな。みんなそれぞれの部活でこれからの時代を作っていくんだから、辞める訳ないよな」

吉田の意見を聞いて、もっともな意見だと思った。じゃあ、このまま9人で練習を続けていって勝てるのだろうか。吉田は週2で塾にも行っているし、川上は妹の送り迎えで午後5時には平日練を上らなくてはならないのだ。それに黒瀬は、次のテストでいい点が取れなければ野球部を辞めさせられると言っていた。

その他にもそれぞれの思いや都合がある。

山岡は正直不安だとしか思っていなかった。

すると、グラウンド横に大きな車が止まり、そこから黒人の青年が、縄代野球部の服装をして出てきた。そしてこちらへ歩いてくる。

「何ですか君は?」

吉田が聞いた。相変わらずびびりな声である。そして、皆が集まってくる中で岩寄が走ってきた。

「おーい、お前ら、嬉しい知らせだぞ」

ゼイゼイしながら岩寄が説明する。

「知念は今、G・マティーさんのところで特訓していて、その折で息子さんをこちらへよこすようだ。って、来ちゃっている」

あわてて岩寄は、大きな車の方に駆けていった。

「君、名前は？」

山岡が言うと、彼はつたない関西弁で言った。

「ワイハ、G・グッチーヤデ」

また、何か彼らに新しい風が吹いた。


その頃、謎の少年が港の壁で壁当てをしていた。

「練習が無いと暇やわ。そういえば奴は来んのかいな」

そして振りかぶりストレートを投げた。シュー。ジャイロボールだ。ドシンと壁にぶつかり大きく跳ねかえった。

「これや、これを追い求めとったんや。やっと希望が持てる」

12　未知数の力

「ワイハ、タケシニ、ヤキュウオシエテモラッタンヤ」

「何か、慣れないと聞き取りにくいっすね」

「まあ、てっとり早く見せてもらったほうがいいんじゃないか」

しかし結果は散々だった。空振りで1球もバットにボールが当たらないし、追いついてもフライは捕れず、ゴロはトンネル。キャッチボールだけはなんとか出来た。

「ドウダ、ドウダ」

「これで、いばれるってことは完全に素人だな」

みんなため息をつき、その日の練習を終えた。

次の日も、グッチーはやって来た。グッチーに教えていくうちに、なぜだか自分達も基礎を思い出し、段々上達していった。

またいつものようにバッティング練習をしている時だった。キーン。ものすごい打球が校舎にぶち当たった。その打球はまぎれもなくグッチーが打ったものだった。

「すげー、やっぱマティーの子だわ」

そう言っているとグッチーは手を気にしだした。

まさかと思い、山岡が強引に手をひっぱった。

「見せてみろ」

まめはいくつもつぶれ血が出ていた。それを見て、山岡は芽が出なかった頃のことを思い出した。いつもベンチで見ていた頃のつらさがグッチーにもあったんだろう。

「もう、みんなお前を認めているはずさ。これから頑張ろうぜ、グッチー」

「ウン、ガンバルデ」

「じゃあ、後はトンネル無くして守備力強化だな」

木村が茶化すと、ドッと笑いが起きた。


一方、緑山学園では1人の男が力を開花させた。見浦建一。永遠の2番手と呼ばれた彼は、1年のキャッチャー安達とともに2軍から駆け上がった。ストップカーブを武器にして。

大明では無名の投手が躍動していた。

13　秋季大会開始

試合当日の出発時間になっても知念は現れなかった。

「しかたない、出発するぞ」

そして、彼らはバスに乗り込んだ。

「そう言えば藤江。お前、車酔いひどくなかったっけ？」

「大丈夫。50粒飲んだ」

「それ、ある意味死んでる」

「おいおい、コントじみたことをやっている暇は無いぞ。今からが戦いだ。自分達のやるべきことをしっかり考え直しておけ。じゃあ、山岡。ひと言言え」

岩寄に言われて、揺れるバスの中で山岡はゆっくりと立ち上がった。

「僕らは今から革命を起こす。出来たばかりの無名校が名立たる強豪を倒すんだ。僕らになら絶対できる。縄代！　ファイトー！」

「オー！」

バス中に彼らの雄叫びがこだました。


1回戦の相手は八ツ川第一だ。ここ2年間3回戦負けしていて低迷しているが、決勝にも行ったことがある強豪だ。特に今年は、4番の円ノ下を中心とする打撃のチームだ。

2人しかピッチャーのいない今の縄代にとっては痛手だろう。

試合開始が刻一刻と近づいてくる。山岡は心の中で間に合うように強く願っていた。

カーン。ゴツン。一方、大明は他球場で試合をしていた。スコアボードは5回で7対0

だった。そして、猿跳が大きなオープンスタンスで打席に立った。無死1、2塁でピッチャーはすでに5人目だった。バシン。1球ボールが外れた所でキャッチャーがマウンドに駆け寄る。

「もう、逃げてもしかたない。打たれるなら思いきり投げて打たれようぜ」

「わかった」

そして、2球目を投じた。真ん中のストレートだ。カーン。余裕のフェンスオーバーだった。

14 エース不在

「プレイボール！」

そのマウンドの上には、知念ではなく戸村が立っていた。知念が来ないことでチーム全体に不安が広がっていた。

戸村は立ち上がりが練習試合でも安定していたため投げることになった。最速130キロほどのストレートを中心にカーブ、スライダー、チェンジアップをうまく使っていた。カーン。最後はファーストの陽村が小フライをつかんでチェンジとなった。

「よし、まずは先制点をあげて楽に試合を進めよう」

「おー」

だが、実際にはうまくいかないものだ。相手は強豪チームのエースで3年の真田。右腕から投げおろすスライダーは、戸村のボールをはるかに超えた質の高いボールだった。また、ストレートが走っていたため、ファウルでカウントを稼がれ、最後はスライダーを振らされていた。

戸村も、ランナーを出しながらなんとか踏ん張り、五回まで0対0で来た。

6回からは、藤江が右腕をぐるぐる回しながらマウンドに立った。そして、切り札のグッチーを3塁手として出した。

「ここからが一番きついな」

岩寄が一言つぶやいた。

「おらー」

最速145キロ、高一では驚くべき速さだが藤江は体を壊していた。

それはバスの中で…

「どうしよう、50粒が逆流してきたよー」

「えっ、ちょっと待てよ。後ちょい、後ちょいだからな」

「もう駄目」

チーン。この先はご想像の通りです…

そして今、出せる力を振り絞って投げている。しかし、いつもの半分も力が入っていないボールは強打の八ツ川第一の選手達にとっては打ち頃の球だった。

「はあ、はあ」その時球場に猛ダッシュしてくる青年がいた。

二死になり、4番を迎えていたが、藤江はとても1回持つような感じではなかった。その時奴が帰ってきた。

「どうだ、間に合った？」

それと同時に藤江のストレートがスタンドまで運ばれていた。

15　Come back to A《エース》

「くそ、遅かった」

知念は、悔しさで壁を叩いた。

「そんなことを言っている暇があるならさっさと準備しろ！」

岩寄に言いつけられて、知念はすぐにキャッチボールを始めた。そのユニフォームは汚れが一杯つき、真っ黒になっていた。

山岡は知念の姿を見つけてタイムをかけ、マウンドに行った。すると、内野手が集まって来た。

「やっと来たか」

「まったく、もったいぶりすぎだろ」

だが彼らの顔は晴れやかだった。

「ピッチャー藤江君に代わりまして、知念君。知念君」

アナウンスとともにゆっくりと知念がマウンドに登る。

「後は頼んだ」

「ああ」

藤江は知念にボールを託すと足早にベンチに戻っていった。

「遅くなって悪い」

「遅すぎだろ。中盤の6回二死。頼むぞ」

「ああ」

山岡がホームに戻っていくのを見ながら、知念は「帰って来た」ということを実感した。

そして、サインを覗きこむ。いつものようにサイン交換が終わり、知念は大きく振りかぶった。以前より背筋ものびてダイナミックなフォームになっていた。ズバーン。そして、ボールはバッターのバットにかすりもせずにミットに吸いこまれた。

ザワザワ。球場の少数の客が驚いた。ボールのキレと威力は格段に上がっていた。

「こんな奴を残していたなんて。うちが1回戦で負ける訳にはいかない。まずはバットに当てろ!」

相手監督の指示に5番は頷く。だが、そう簡単には当たるはずがない。

ズバーン。

「ストライク、アウト。チェンジ！」

3球3振に切って取ると、足どり軽やかにベンチに駆けていく。

「スゴイネ、キミ」

「君か、マティーさんの息子は」

「グッチーヤデ。ヨロシクヤデ」

「知念。じきに慣れる」

木村が知念に言葉をかけると陽村がクスッと笑った。

「真田のスライダーに目が慣れてきたはずだ。しっかり見極めて塁に出て、逆転するぞ！」

「おー」

円陣から大きな声が飛ぶ。


その時、ひょろっとした大男とちっちゃい小男の2人が球場にやって来た。

「縄代と八ッ川第一かー。どうせ八ツ川っしょ」

「いや、でも縄代ってとこも頑張ってるぜ」

「どうせ敵じゃないっすよ」

「まて、ゴン。情報収集が俺達の野球で大事なことだろ」

そういうと、小男は背中のリュックからパソコンとビデオカメラを取り出した。

「ほら、動画をとれ」

「へい、へい」

「ちょうど1番からか」

カキーン。橋北が初球を打ってショートゴロになった。

「1番橋北。走力Aだな」

一瞬見ただけで小男は橋北の速さを見抜いた。

「本当に熱心っすね。どうせ俺が抑えるのに」

「真剣に撮れよ。だから、三脚持って来いって言ったのに」

「だるいっすよ。それに何で俺なんすか。試合まで調整したほうがいいはずでしょ」

「おもしろい奴が1人いるんだよ。お前とパワー勝負できそうな奴がな」

話をしている間に。2死から山岡が4球を選んで1塁に出たところだった。

「ほら出てきたぞ」

のっそりと陽村が立ち上がりバッターボックスに向かう。

「でけー。これは大物だ」

大男は目を輝かせていた。
1、2、3のタイミングで振ったバットにボールがうまいこと乗っかるように当たった。
ガキーン。ゴーン。レフトポールに打球は直撃し、ホームランになった。

陽村は高々と右手をつき上げた。

「言った通りだろ」

「ええ、今回は特に面白そうです」

小男と大男は不敵な笑みをこぼした。

逆転して終えたマウンドに再び知念が登った。

はたして、このまま勝てるのか。

16 未完全のボール

「まったく、色々と面白くしてくれる奴らで助かるよ」

「この回は、変化球も使っていきたいけど、どうする」

「スライダーとカーブ、それから新しい変化球で頼む」

「そうか、分かった」

そして、山岡はサインを出した。ストレート。ズバン。アウトコース一杯に入った。次のボールはカーブ。球速差は30キロ。もちろんタイミングが合わない。そして、決め球は新しい変化球。右腕から放たれたボールは回転がほとんどないボールだった。うそだろと思って振ると、そこからボールは地面に真っ逆さまに落ちていった。空振り3振だ。

「まさか、うまくいっちゃうなんて」

知念はペロッと舌を出した。

「ハッハー。ウマクイキスギネー」

「マスター、大きな声は控え目に」

「オットー、ソウダッタネ」

マティーも球場に足を運んでいた。

「タダアレモ、ヌケルトアブナイヨ」

「どうしてですか?」

今野が聞くとマティーが眉をひそめた。

「あれはほぼ無回転だからいいと言ってたじゃないですか」

「デモネー、カイテンナイノワ、タタケバトブヨ。ホームラン。ダカラコントロールダヨ」

山岡もそれと同じことを思っていた。真芯で捉えられたらひとたまりもない。なるべく使わずにいくことにした。


「くそー、手立ては無いのか」

「監督、落ち着いて下さい。僕を出して下さい。1本打ちます」

そいつは元々4番の円ノ下。実はこの試合ではスタメンを外れていた。

「しかし、お前まだ足が」

「足なんかどうでもいい！　僕はここで黙って見ていることなんてできません！」

監督は言おうと思った言葉をぐっと飲みこんだ。

「分かった。次のピッチャーのとこで代打だ。準備しろ」

「ありがとうございます」

深々とおじぎをすると、膝のサポーターを取った。そこにはボールでできたと思われるあざが見えた。まるでねじこまれたように傷跡がついていた。

「まてよ、円ちゃん。そんなんでバット振れんのかよ」

「ああ、この通り大丈夫さ」

そう言うと仲間を気づかいベンチ前で大きくバットを振って見せた。うっ、と心の中では思っていた。でも仲間を心配させたくなかった。

それは、２週間前の練習試合だった。突如ジャイロボールを投げるピッチャーがマウンドにあがり円ノ下と対決した。しかし、肩が出来ていなかったのか、ジャイロボールはシュート回転して右バッターの円ノ下の膝に直撃した。想像を絶する痛みだった。そして病院で衝撃の一言を言われた。

「今、無理をすれば野球どころか足も駄目になる。まあ、夏まで時間がある。ゆっくり治しなさい」

頭の中がまっ白になった。でも、その投げた奴を恨んでもいなかった。そして、公式戦を迎えて先制して、このままいけると思った。だが…

知念と八ツ川の二番手の伊藤が、それぞれ抑えて8回表を迎えた。

「代打、円ノ下!」

監督が告げた。

「よっしゃー!」

大きな声を出して円ノ下は右バッターボックスに向かっていった。その時監督は思った。

(自分でも分かっていたんだろうな。こうなる時が来ると。だから円ノ下をベンチから外せなかったんだな、きっと…)

「お前の打席だー。思いっきりいけー!」

円ノ下が頷いた。

初球。ストレートに大振りして空振り。うっと足を気にする。山岡はそれに目をつけた。

(足を痛めてるのか。なら、アウトコースまでしっかり踏みこんで打てないはずだ)

1球目はアウトコースのストレート。しかし、カキーン。ファールになったが、しっかりとついてきた。予想外の出来事に山岡は驚く。

知念にタイミング外しのためにカーブを要求した。しかし、またついてくる。とうとう投げる球がなくなり、山岡は無回転ボールを要求した。知念が頷き振りかぶった。

(俺は自分自身のために三振でもいいから振りきる)

円ノ下は自分の今出せる最大の力をこめてバットを振った。スッとボールが抜ける。アッと山岡が思った時、バットの真芯にボールが当たっていた。

「マダマダネ」

8回表に八ツ川第一が円ノ下の執念の1発で追い付き、試合は分からなくなった。

（これが現実なのか）

知念はマウンドにただ立ちつくすほか無かった。

17 一勝と責任

「悪い。俺が…」

「みなまで言うな。お前の悔しさは俺達が一番よく分かってる。だから、全力で抑えろ」

川上の思いがけない言葉に、山岡も心を動かされた。

「マダ、ベンチカエネーンカ」

「お前は黙ってろ」

グッチーがボケると、木村が蹴り飛ばした。


「よくやってくれた」

「はい。でも、もう駄目みたいです。すぐに病院に行きます」

「ああ、後で勝利の報告に行くぞ。そうだろお前ら」

「おー」

「縄代ー、絶対勝つぞー」

「おー」

戦いは、いよいよクライマックスだ。

バスン。ストライクアウト。知念と山岡はストレート中心のピッチングに切り換えて嫌な空気を断ち切った。

「よし、反撃だ」

だが、円ノ下の同点ホームランで勢い付いた八ツ川第一もねばった。6番知念から始まる8回裏の攻撃。知念は自分で決めようと思っていた。

（俺がまいた種はオレで刈り取る）

そう思い打席に立った。初球はインコースの厳しい球で、体が起こされ少しのけぞった。

「ナイスボール」

キャッチャーが2塁手の伊藤に返球する。

（ここで抑えなきゃ円ノ下に申し訳ない）

そう思いインコースにスライダーを投げた。

グッと知念が踏み込む。キーン。レフトに打球が伸びる。

「入れー！」

しかし、打球はポールの左を通過した。

「くそー」

「後ちょいだろ」

八ツ川のキャッチャーがマウンドに行った。

「切り換えていこうぜ」

「ああ。気持じゃ負けない！」

そして、ゆっくりと戻っていった。カウント1ストライク1ボール。3球目はカーブだ。

カキッ。ファールで追いこまれる。ふうっ、と息を吐いてセットに入る。4球目を投じた。

伊藤のストレートはアウトコース一杯に吸いこまれた。三振だ。

「くそー」

「おっしゃー」

伊藤の気持ちに押されて、続く木村と川上も抑えられた。

(取り返せなかった。俺のせいで)

知念がうつむくのを見て山岡が肩を叩く。

「お前の責任は重いけど絶対俺らがなんとかする。お前の頑張りを一番よく分かっているのは俺達だ。恩返しさ」

そう言い残すとホームにかけていった。

知念は立ち上がった。

「もう打たせない」

18　決着

振りかぶる知念は、調子がいい時とはまた別の顔を見せていた。何がなんでも打たせないという、その気持ちだけだった。

バスン。ものすごい今日一番のボールがミットに吸いこまれる。ビリビリと威力が山岡の手に伝わってくる位だ。

「この回で決めろ。ストレートが中心になってくるはずだ。1、2の3で仕留めろ」

「はい」

2番バッターが打撃に立つ。知念はド真ん中にジャイロボールを投げた。空振り。そして2球目も。サインにうなずき3球目を投じる。
1、2の3。ガシャン。
「当たった」

ファールだが確かに当たった。しかし……

ズバン。最後もジャイロボールだった。1アウト。

3番バッターにも知念はジャイロボールで攻めた。ファールをしたもののキャッチャーフライで2アウト。追いこまれた。

円ノ下の代わりの4番大井はここまでいい所が無い。簡単に3人で交代になってしまうのか？

(円ノ下の代わりなんかじゃない。俺が4番だ。俺が八ツ川の4番なんだ)

「こい！」

大声とともに知念は振りかぶった。ジャイロボールは手元を離れ、大井のもとへ。

(ここだー)

カキーン。捉えた当たりがセンター方向へぐんぐん伸びていく。

「入れー」

時がゆっくり動いているように誰もが思った。

そして、パスッ。ボールはセンターの橋北のグローブに収まった。

「よっしゃー」

大井は1塁を回ったところで倒れこんだ。

9回裏はグッチーからだ。いつも通りに鼻歌を歌いながらバッターボックスに向かう。

事の大きさを理解していないようだ。

「おめー、一発打てよ！　打たねーと俺のうちまで荷物運びさせるからな」

「イヤダヨー」

そう言ってグッチーは構える。父マティーと同じ1本足打法だった。

「打たせるもんか」

思いを込めた1球目に空振りして尻もちをつく。

「何だありゃ。これじゃ延長だな」

観客がささやく中で木村がグッチーに言う。

「お前の努力は一番俺が分かってる。だから思い出せ、あの日の一打を」


グッチーが毎日バッティングセンターに通っていたのを木村は知っていた。ただ、何も言えなかった。一緒にやってあげれば良かったのに、妬ましいと思う気持ちが強かった。自分より恵まれた状況で育ち、何不自由無く過ごしてきたグッチーがうらやましかったのだ。


ただ、今はもうそんな気持ちは無い。彼は、全てを受け入れた。そして、昨日初めてグッチーとバッティング練習をして1本足打法を完成させたのだ。

「オレ、ヤル。ゼッタイ」

グッチーはバットをしっかりと握りしめた。

ボールがやってくる。ドクン、ドクンと選手達の胸の鼓動が聞こえるくらいグッチーは集中していた。

そして…

「うおー」

カーン。それはグッチーの放った記念すべき一号ホームランであり、チームの公式戦初の勝利を決める一打となった。

グラウンドに出て打ったグッチーを迎える縄代の選手と、肩を落として涙する八ツ川の選手の姿があった。

「オワリマシタネ。マダマダダケド、オモシロイネ」

「いいデータが取れたんじゃないか」

「早く戻らないと」

革命はまだ始まったばかりだ。

19　もう一つの革命

「ストライクバッターアウト。ゲームセット」

「やったで。初勝利や」

縄代とともに革命を起こしているチームがあった。海明館である。創部して20年。数々のスター選手を出す中で公式戦で一勝もしていないというのは意外な結果である。

それもこれも「野球がチームで戦うものである」というのが最大の理由になってしまうだろう。

そこに、大阪から赤入修がやって来た。その理由は憧れの車田の母校だからである。

そして、彼は2年間かけてジャイロボールを完成させた。

そして、彼らは目標を立てた。甲子園に行くという目標を。

「おーい、みんなー！　見た？　今日の新聞」

「見たぜ！　まさか俺達のことが載るなんて」

「まあ、5行ちょっとだがな」

「エッ、ナニナニ」

川上、陽村、木村が話しているところにグッチーが入って来た。

「昨日の試合のことが載ったんだよ、新聞に。お前のことも書かれているぞ。見事なサヨナラホームランは、あの名選手の息子だった」

「へへ、ヤッタネ」

「調子に乗るな」

「イテ、ランボウダメヤ」

「あと、気になるのがあって、海明館が初勝利だってさ」

「あの呪いの海明館が？」

「そう。大阪から来た赤入って奴の活躍みたいだよ」

「アカイリッテ、マサカ」

「何だ知り合いか？」

「イヤ、ダイジョウブヤ」

そう言ってグッチーは走り出してどこかへ行ってしまった。

20　約束

赤入はあの場所でいつものように壁当てをしていた。

「シュウ」

そこへグッチーがやって来た。

「お前か。このごろこーへんなあと思っとったけど、あんなところで活躍しとるとはな」

「オレ、オレイイワナキャ」

「わいにか？　そんなのいらんよ。お前、相当努力したんやろ」

「エッ？」

「知ってるんやで。わいが野球を教えたあの日も、お前は夜まで壁当てをし続けた。これが証拠や」

壁のペンキははがれ、黒い部分がむき出しになっていた。

「やっぱり名選手の子や」

「エッ、デモ、マダマダダヨ」

「そうかもな。なあ、グッチー。わいと約束せえへんか」

「何を」

「必ず戦うことをや」

「モチロンヤ」

2人は握手し笑いあった。

戦いはどういう形で終わりを迎えるのか？

第二巻　完

第三巻

21　誇り

緑山のエース見浦は独り、練習終わりの部室で黙々とグローブを磨き続けていた。そこに、片付けを終えた安達が入ってきた。

「先輩。まだいたんですか」

「ああ。レギュラー取ったのに大変だな。片付けもあって」

「いえ、これも大切なことですよ。それにしてもそのグローブ、大切にしてるんですね」

「ああ。これは、元エースの広末さんのものだ。俺らの1つ前の代はここ何年か最弱って言われた代だった。でも、広末さん達は諦めなかった。そして、努力で選抜をつかみ取ったんだ」

「はい。見ました。選抜の甲子園での試合」

それは、今年の3月のことだ。

「さあ、8回裏二死1、2塁。バッターはこの日ノーヒットの広末です」

実況の熱も上がっている。1対0で負けている状況。アナウンスされ広末がバッターボックスに向かう。

「バッター広末君。広末君」

観客もメンバーも広末に視線を送る。

（僕らのやって来たことを信じて）

白球が投手から放たれたとき思いをバットに込めて…

打球はセンター前へ、２塁ランナーがホームへ全力で走る。

「バックホーム！」

ズザー。砂ぼこりが晴れると大きな声のジャッジがこだました。

「セーフ、セーフ」

「よっしゃー」

広末は拳を空高く突き上げた。そして、続くバッターもタイムリーでついに逆転。そして広末はマウンドに立った。

１球目を投げようとしたその時だった。

ドサッ。彼はマウンドで倒れた…

悲劇は突然訪れた。

スタンドがざわつく中、２番手で見浦がマウンドに立った。

「後はお前に託す。頑張れよ！一年！」

「はっ、はい」

見浦はひとりで震えていた。今まではエースの広末がひとりで投げ続けていた。そう、これが公式戦デビューなのだ。緊張しない訳がない。

(俺、どうすれば)

「お前がエースだ!」

大きな声が見浦に届いた。ベンチを見ると医務室で寝ているはずの広末だった。よろっとする体を立たせ、大きな声で呼び掛けた。

「お前に託す。お前がうちのエースだ」

「広末さん」

何か熱いものが見浦に届いた。グッとボールを握りしめた。

振りかぶった時、広末が乗り移ったような気がした。ズバーン。もう彼は彼でなかった。

「代わった見浦。先発の広末同様に素晴らしいピッチング。まるで、広末そのもののようだ」

実況の声とともに歓声が上がる。そして、見浦は見事に三者凡退に抑えてみせた。


試合後、見浦は広末のところを訪れていた。

「夏の大会には間に合わないと言われた。あれが高校生活最後になっちまった」

「言ってくれれば良かったのに」

「あそこまで来てマウンドは降りられない。甲子園のマウンドはそういうところだ」

そう言うと、広末は窓の外に目をやった。

「2回戦は残念だったが、あの試合でのお前のピッチングは本物だ。俺になってくれ」

「えっ！」

「俺に代わって、エースになって、甲子園で輝いてくれ」

「えっ！　でもそんなことができる訳…」

「できるさ。身近で俺を見てきたお前なら。ほらよ」

広末は病室に置いてあった自分のグローブを差し出した。見浦の目には小さな火が灯った。

「僕が、あなたになります…」

22　コピー

「じゃあ、見浦さんのピッチングって、まさか」

「そう。広末さんのさ。自分のものにするまでほぼ一年かけた。それだけ俺とは格の違う人だ」

そして、見浦はいつもの場所にグローブを置いた。磨きあげられグローブが笑っているように見えた。

「でも、あのストップカーブって、広末さんは投げていなかったですよね」

「ああ、あれは…」

それは、近所のグラウンドで自主練をしている時だった。練習している見浦の元に見知らぬ男が現れた。年は30代後半で日本人。ひげを生やしていた。

「君はピッチャーだね」

「えっ」

その男はひと目見ただけで見浦のポジションを当てた。

「まったく驚いた。本当に広末のコピーを出来るとはな」

「あなたは？」

「俺は流れもんだ。ちょっとそこで頼み事をもらってな。お前にオリジナル変化球を教えてやる」

「は、はあ」

「まあ見とけ」

1球ボールを拾い上げると壁に向かって投げた。ボールは斜めに弧を描くカーブ系だった。

そして、ボールがちょうどホームベース近くに来た時、一瞬空中でピタッと静止した。そして次の瞬間、回転の無くなったボールはフォークのように落ちていった。

「このボールってまさか」

見浦がボールを拾った時には男はいなくなっていた。

「こうやって、こうして」

見浦はしかたなく真似て投げてみた。すると…ピタッ。ストン。

「まったく大物が覚醒しちまったな」

あの男が陰から見浦を見守っていた。

23　次なる敵

「次の相手は文豪高校。文武両道を目指している公立校だ。技術的に見ても地区ベスト8の常連で守備力がとても高い。1週間は打撃を強化していく」

「ちょっといいか？」

山岡の話していたことに、黒瀬が首を突っ込んできた。

「前の試合の時に、スタンドに明らかに偵察がいた。知念のデータはもちろん。他の選手のデータもだ。次の試合は1週間のレベルアップがものを言うぞ」

黒瀬の言うことに皆が頷く。決意は固まった。


その日から、ティーバッティングや個人個人の課題克服が始まった。

一方、知念は、

「くそー。全然コントロールが出来てねぇ」

「落ち着け。コントロール出来るまでは時間が掛かるって、マティーさんから言われただろ」

何だかうまくいっていないようだ。

そんな中で、木村は打撃ではなく守備に力を入れていた。

「木村君。僕も一緒にやっていい」

川上も一緒になって、二遊間の守備を練習していた。

「ずいぶん野球部って感じになったな。私も子供達に負けてはいられん」

そう言って岩寄は野球の解説書を読みあさった。

バシーン。

「ナイスボール。ゴン、今日これくらいにしよう」

「あと1球、投げさせてくれ」

「はいよ。ほらっ、来い」

体をうまくねじって大きな腕でしなるようにサイドからボールを放った。バシーン。

「早く戦いたくて、うずうずするぜ」

24　サイドスロー

「今日の第2試合。縄代高校と文豪高校の試合はまもなくプレイボールです。しばらくお待ち下さい」

「あー良かった。間に合った。ヒナ、急いで」

「ケイ、速いよ」

「あっ、ヒー君、4番だ。楽しみだね」

「うっ、うん」

「どうしたの？」

「いや、ヒー君、平気かなって思って。こういうの苦手だったから」

「大丈夫だって。ヒナは固く考えすぎだよ」

2人の女子が縄代の応援側へと座った。

「やっぱ応援は無いんだ」

「そりゃあ1年目だしね」

「よっしゃ、じゃあいくよ。がんばれがんばれ、な、わ、し、ろ!!」

「ちょっとやめてよ」

ヒナがあわてて止める。

「何だ、何だ、応援か?」

「あっ、あれは陽村が中学で同じだったって言ってた子達じゃ」

「おい陽村。声かけなくていいのかよ」

「別にいいだろ」

今日の陽村は、その話を聞いた後はあまりしゃべらなかった。


「よろしくお願いします」

そう言って選手達はそれぞれの場所へ散った。

縄代の先行である。長身のゴンと言われる大男がマウンドに登った。橋北もバッターボックスに入る。

(さあて、どうするよ。天才ゲームメーカー)

そう思って彼はあの小男のサインを覗きこんだ。

(インコースの胸元に投げとけば、こいつは大丈夫だ)
(OK)
腕がしなり、真横からボールが橋北に向かってくる。サッとバントの構えを見せたがあまりの厳しいボールに体がのけぞる。コーンとボールがポップフライになった。パシッ。しっかりキャッチャーが取って一死。

次は吉田だ。ズバーン。2球ともアウトコースのストレートで追い込まれた。

（何かすごく速く感じる）

吉田はそう感じながら、3球目を待った。真横からボールが向かってくる。

（ストレートだ）

そう思い、さっきストライクを取られたところを思い切り振った。しかし、ボールはそこからスライダー回転してストライクからボールゾーンに流れていった。スパン。三振だ。

「やばいな」

黒瀬がつぶやく。

「何がやばいんだ？」

「横から投げてくるサイドスローってのは、自分の投げる方の手と同じ向きのバッターにめっぽう強いんだ。奴は右だから右バッターに強い。しかも、頼みの左バッターもインコースの厳しい球で簡単に打ち取られた」

「そうなんだ。たぶん横から投げることと、あの体をねじったフォームでアウトコースに投げてくるからとても速く感じるんだ」

吉田も言う。

「山岡に賭けるしかないか」

しかし…

「ボール、フォアボール」

「敬遠だと。なぜ、歩かすんだ。次は４番だぞ」

陽村の体がぞくっと震えた。

（さあ、勝負しようぜ）

ゴンは狂気のオーラに満ちあふれていた。

25　人間狂気

（まったく初回から気分上がりすぎだろ。万が一打たれたらどうする気だよ）

ゴンはサインに頷く。

「おらー」

ボールはシュート回転して陽村の顔面に飛んできた。

「ウワッ」

大きくのけぞると勢いよく背中から倒れこんだ。

「あいつ、なんてボールを投げるんだ」

「そうか、あいつはやっぱり…」

「誰なんだ、黒瀬」

「２年前に中３で大明のエースだった男、古市剛也だ」

皆の脳内に大明という2文字が駆け巡った。

「俺たちのクラブはそこそこの強豪だったから大明と戦う機会があったんだ。ただ、奴はあの頃はサイドスロージャなかった。でも荒々しさはあった」

「それでその時勝ったのか」

「ああ、ただその時の攻めが通じるかはやってみないとな」

ズバーン。そんなことを話している間に、陽村ががくっと肩を落として戻って来た。

この日も先発は戸村だった。なぜなら、黒瀬の証言から戸村のピッチングは見られていないと言っていたからだ。そして、それが大当たりだった。チェンジアップでタイミングを外しながらゴロで打ちとっていく。あっという間の三者凡退だった。

「何だよあいつ、聞いてないぞ」

「安心しろ、抑えて戻ってくる」

バッターは5番に上がったグッチーだった。

「オレイクデ」

「あいつはパワーだけだ。3球ともスライダーだ」

「分かっとるよ。岸辺さん」

スパーン。

「ボールツー」

（まずったな選球眼も前より上がってる）

そう思い、岸辺はインコースストレートのサインを送った。

「マッタモンネ」

カーン。打球は左にきれる大ファールになった。

（うそだろ）

黒瀬は一人にやりと笑った。

26　IQ200とデータ野球

（データから考えれば、あいつはコースをついとけば90パーセントで打ちとれるはずじゃ）

（そんなふうにあいつは思ってるだろうが、あいつの1週間の努力は計り知れないぜ）

「タ、タイム」

何かを感じて、岸辺はとっさにタイムをとった。

「悪い。データ通りだと思ったんだがな」

「大丈夫っすよ。ここは俺がしっかり抑えます。サインよろしく」

「ちっ、気ばりやがって。頼むぜエース」

岸辺はゴンの胸に握り拳を軽くぶつけた。

「モウイイネ」

「ああ、うちのエースをなめんなよ」

張りつめた空気がゴンの周りを覆いつくす。

ボールはきれいに、そして美しい弧を描きながらミットに吸いこまれた。音も無いボールに全員が驚いた。黒瀬を除いては…

「早いな。2回からあれを使ってくるなんて」

「あのボールってなんだ?」

「音も無い変化球、無音月光球」

「そんなの聞いたことないぞ」

「無理ないさ、あいつ以外であんな球投げてる奴を見たことないからな」

縄代全員が張りつめた空気の中にどっぷりとつかった。

「グッチー、あれをやれ」

黒瀬が直々に指示を出した。グッチーは頷く。

「何の相談かしらんが、無意味さ」

「ダウカナ」

ボールは同じようにやって来た。グッチーはじっくりと待った。待って、待って、自分の手元20センチあたりで流し打ちした。カキッ。

打球は一塁手の頭の上を越えた。ポテンヒットだ。グッチーはガッツポーズした。

（まさか。そんな）

「どうして、そんな事が」

「わからないのか、だったら説明してやるよ」

黒瀬がバッターボックスに次の打者として入ってきた。

「あのボールは一定に回転を保って、なおかつカーブ回転だけをしっかりボールに伝えなくちゃ完成しない。ようするに横を抑えるとピタッと一定に止まるって感じだ。だからこそ、その回転を見きわめて、引きつけて横から打てば回転は止まり、あの時みたいにフライやゴロにはならないんだよ」

「あの時って、まさかお前、俺を知っているのか」

ゴンはショックで落ち着きを失っていた。

「知らなくても当然だ。あの日も、あんたの完全試合を止めたのは俺だった。あんたは、ショックで忘れてるだろうよ」

「いや、悪いが思い出しちまったよ。菫山シニアの天才ゲームメーカー、ＩＱ２００の男、黒瀬」

２人の間に因縁めいたものが芽生えた。

27　心理と戦略と経験と…

あの日僕は、未来を失った。1人の男と戦う中で…

「くっそー。あいつを止めることは出来ないのか」

「俺に任せて下さい」

黒瀬が他の3年をおしのけて名乗り出た。

「てめえ何様だ。少し、頭が良いからって調子にのるな」

坊主頭のコワオモテな奴が殴りかかってきたのを、がしっと受け止めて言った。

「証明してみせますよ。野球には頭が必要だってことをね」


黒瀬は颯爽とバッターボックスに向かっていった
「いいんですか？　監督！」

「俺はあいつに任せたんだ。まあ、お前らがあいつと言い合いしても勝てるはずがないがな。はっはっはっ」

そして、黒瀬は構えた。

「どんだけ代えてきたって、完全試合はもらった」

中3で大明のエース、古市剛也が堂々と言い放った。

3対0で9回表、二死。27人目のバッターだった。

「教えてやるよ。現実を」

「ほざけ。最後の最後で気が狂ったか！」

「こい！」

大きく古市は振りかぶり投げこむ。ズバーン。

ラストに来ても変わらずの勢いだ。ズバーン。

2球目も決まり、簡単に追い込まれる。

「さっき威勢のよさはどうしたよ」

そして、3球目を投げるモーションに入った。

「現実を見るのはお前だー」

(万事予定通りだ。これを打てばミッションコンプリートだ)

カン。何度もフラッシュバックするほど美しかった。誰もそれがホームランにならないとは思わなかった
「大事なことを教えてやるよ。野球には4つ大事なものがある。心理、戦略、経験。後1つは何かわかるか?それはな、信用さ」

「信用だと」

古市はマウンドにひざまづいた。

28 進化

「あの日か」

思い出すゴンの顔はどこか余裕を持っていた。

「今の俺をお前は打てない」

「こい！」

するとさっきまでサイドスローだったゴンがオーバースローに切り換えた。ドーン。

151キロという表示が電光掲示板に灯った。

「何だあいつ。まだ2年だろ」

「写メ、写メ」

縄代の空気を一瞬で消した。

「どうだ」

「ちょっとした想定外だな」

（だとすると、さっきまでのはコントロール重視のためか。本当の姿はやはりオーバースロー。だがそうなると、奴はコントロールを乱すはずだ。ド真ん中を思い切り叩く）

ビュー。白球はミットへと一直線にのびてくる。カキッ。何とかくらいつく黒瀬。カキッ、コーン。ボール。粘りに粘ってとうとうフルカウントになった。

「どうした。疲れたか？」

「そっちもな」

「だが、終わりだ」

それはオーバースローからの無音月光球だった。軌道がサイドの時と違い、より高く弧を描いた。

スカッ。

「俺は誰にも止められない。たとえお前だとしても」

「大丈夫さ。うちの４番がお前を倒す」

黒瀬とゴンの対決は黒瀬の三振だった。

両投手ともリズムよく抑えていき、ついに7回を迎えた。

戸村が今日の百球目を投じた。カーン。

「センター前だ！」

誰かがそう言った瞬間だった。ズザザザ。パシッ。アウト。木村はまるで野生の動物のようなスピードでアウトにした。

カキーン。今度はセカンドだ。ポーン。イレギュラーバウンドしてボールは不規則に跳ねた。スパッ。やわらかいグローブさばきで川上はボールを包み込んだ。魔術師のように。

「あいつら本当に今年始めたばかりなのか」

「どんどんうまくなってるよ」

本当にそれぞれが進化をとげていた。1週間の努力は無駄ではなかったのだ。

バシッ。フォアボール
「そろそろ交代だな」

「ピッチャー戸村君に代わりまして、知念君」

「出て来たぜ」

「あれが注目の的か」

あの1回戦から考えれば、3千人が見に来るのも納得だろう。

「いくぜ」

ズバーン。いつもの直球に岸辺も少しのけぞる。

(ここまでデータをくつがえされてきたが、今度こそ正しいことを見せてやる)

アウトコースのストレートが2球続いて追い込んだ。

(90パーセントでストレートだ)

知念の投げたボールは真っすぐとミットに向かってきた。

(ドンピシャ)

しかし、次の瞬間に、あの時と同じようにストンとボールが目先から消えた。

(ばかな)

「これが、俺の進化だ」

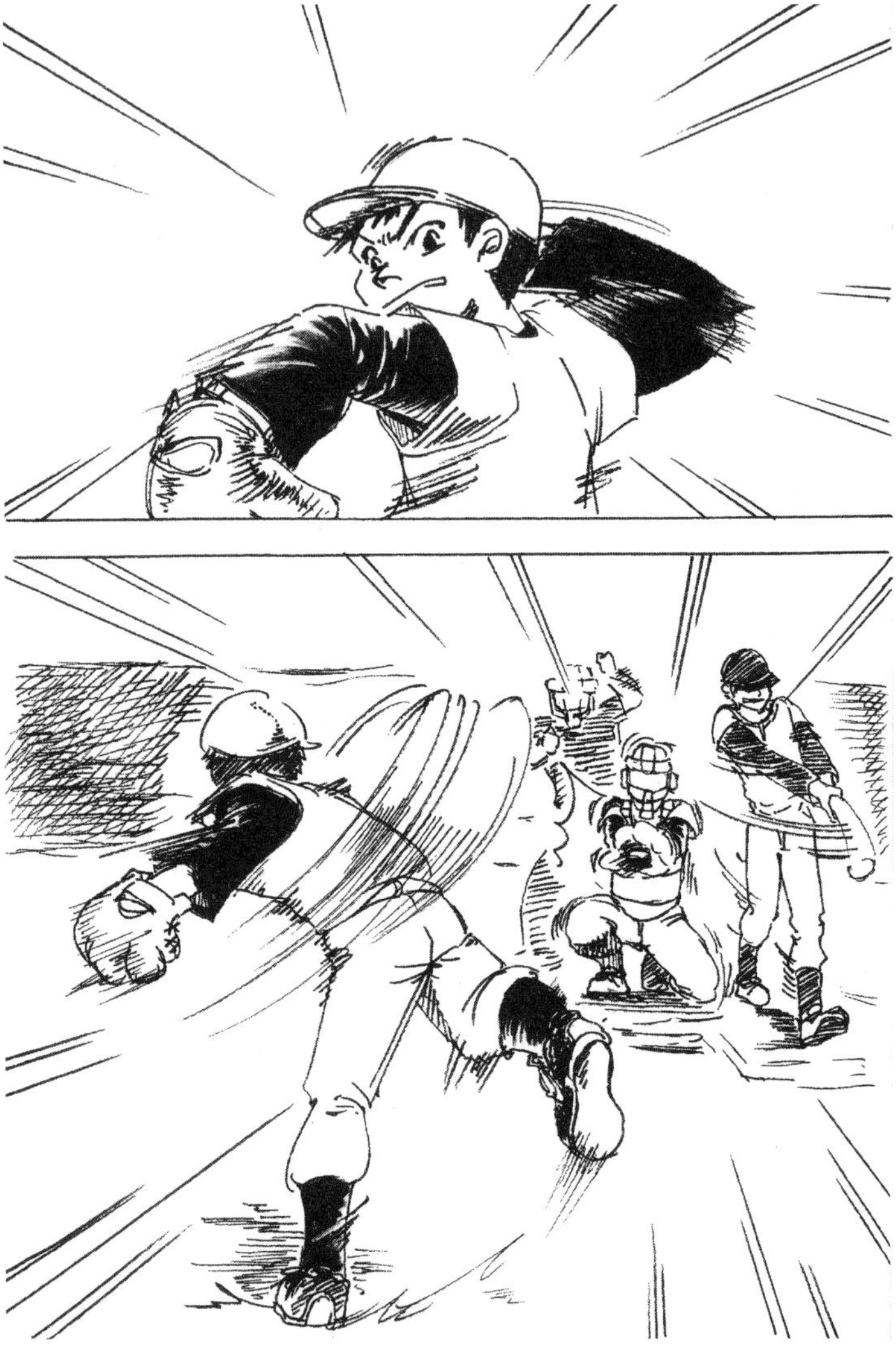

29　弱虫陽村　最後の日

彼はいつも泣いていました。相撲をやっていたけれど負けてばかりで辞めてしまうし、自分より小さいいじめっ子にも勝てない。そんな日々を私は知っていました。同級生として過ごした9年間。いつも優しくしてくれていました。

ある日、彼はいつものようにいじめっ子にいじめられていました。その時彼は、いじめっ子に殴りかかったのです。一瞬の出来事でした。鼻を殴られたいじめっ子は鼻血を出して倒れてしまいました。

そのことがきっかけで中3が終わる前に彼は転校しました。私に一声を残して。

「ずっと好きだった」

彼は、答えを言う前に私の前から消えていました。

そして、彼は今、こうして新しいことを見つけて進んでいます。野球のことは全くわかりませんが、何だか胸が暖かくなりました。今日が、彼が弱虫と言われてきた日の最後の日なんだなと、緑の芝生に1球の白球が落ちた時に思いました。

彼はいつも泣いていた。そんな僕に、彼女はいつも笑顔だった。こんな何も出来ない僕が初めていじめっ子に立ち向かった日、僕はこの学校にいられないことを知った。本当はあれが原因ではなかったんだ。

そして僕は、彼女に思いを告げた。「さよなら」と言って別れたくはなかったから。

僕は、今試されている。自分がどれだけ頑張って、どれだけ努力してここまで来たかを見てもらう時だ。

奴のボールは、簡単には捉えきれない。

そんなことは分かっている。でも僕は、ここで打つ。

僕がバットを振った時、しっかりと当たる感触があった・・・。いけると思った。

ボールは右中間に吸い込まれていた。これが僕の最後の日なのかもしれない。

30　しのびよる影

7回裏の陽村のソロホームランにより、試合は動き出した。落ちついた表情で陽村がベースを回ってくる。

(まじかよ。また、あいつの言った通りか。これで本当の負けだな)

「ピッチャー古市君に代わりまして、貝塚君」

うなだれながらも古市は訳もわからない優越感を味わっていた。

バシッ。

「ストライーク。バッターアウト。ゲームセット」

歓喜の雄叫びが真っ青の空を切り裂いた。

試合後、選手達がバスに乗る時、ヒナが陽村にかけ寄って来た。

「すごかったよ」

「あっ、ありがとう」

「あの時の返答、出来てなかったよね」

「えっ、あっ、それは」

「OKだよ」

「ほっ、本当に！」

「やったな、陽村」

「カワイイネ、ボクモホシイネ」

「邪魔をすんな」

いつものようにみんなの周りには笑いがこぼれていた。

一方そのころ、とある試合会場では…

「うそっ、だろ」

ドサッとピッチャーがマウンドに倒れこんだ。

「メンバーが全員負傷。試合続行不可能とみなし、影北高校の勝ちとする」

「何てとこだよ」

「聞いたことないぜ」

どこか冷たく身を切り裂くような風が、スタジアム全体を包みこんでいた。

次の日…

吉田が今日配った新聞を持って、部室にやって来た。

「おーい、今度は一面だぜ」

「何々。4番のひと振りで決めた!! 1年目のダークホースだとさ」

「あと、次の相手なんだけどさ」

「影北高校？」

皆が首をかしげる。

「2試合連続で不戦勝。敗れた両チームともプレーする人数が足りなくなったみたいだ」

「影北は要注意だ」

そう言って岩寄が入ってきた。

「あそこはいい噂を聞いたことがないからな。この2回戦突破にも何か裏があるはずだ」

「大丈夫ですよ。気にしない。気にしない」

吉田は陽気に言って、部室を出て行った。

「まあ、とにかくみんな気をつけていこう」

山岡が最後に声をかけて今日の練習が終わった。


そして、そのまた翌日…

「大変だ！」

川上が部室へ飛び込んできた。

「吉田が倒れたって」

「何！」

「まさか、本当だったんだな」

「何がだよ」

「闇の影北、悪の花。それが部室裏にスプレーで書かれてた。これは、呪いかもしれないな」

しのびよる音もない影に彼らはどう立ち向かっていくのだろうか…

第三巻　完

トーナメント表

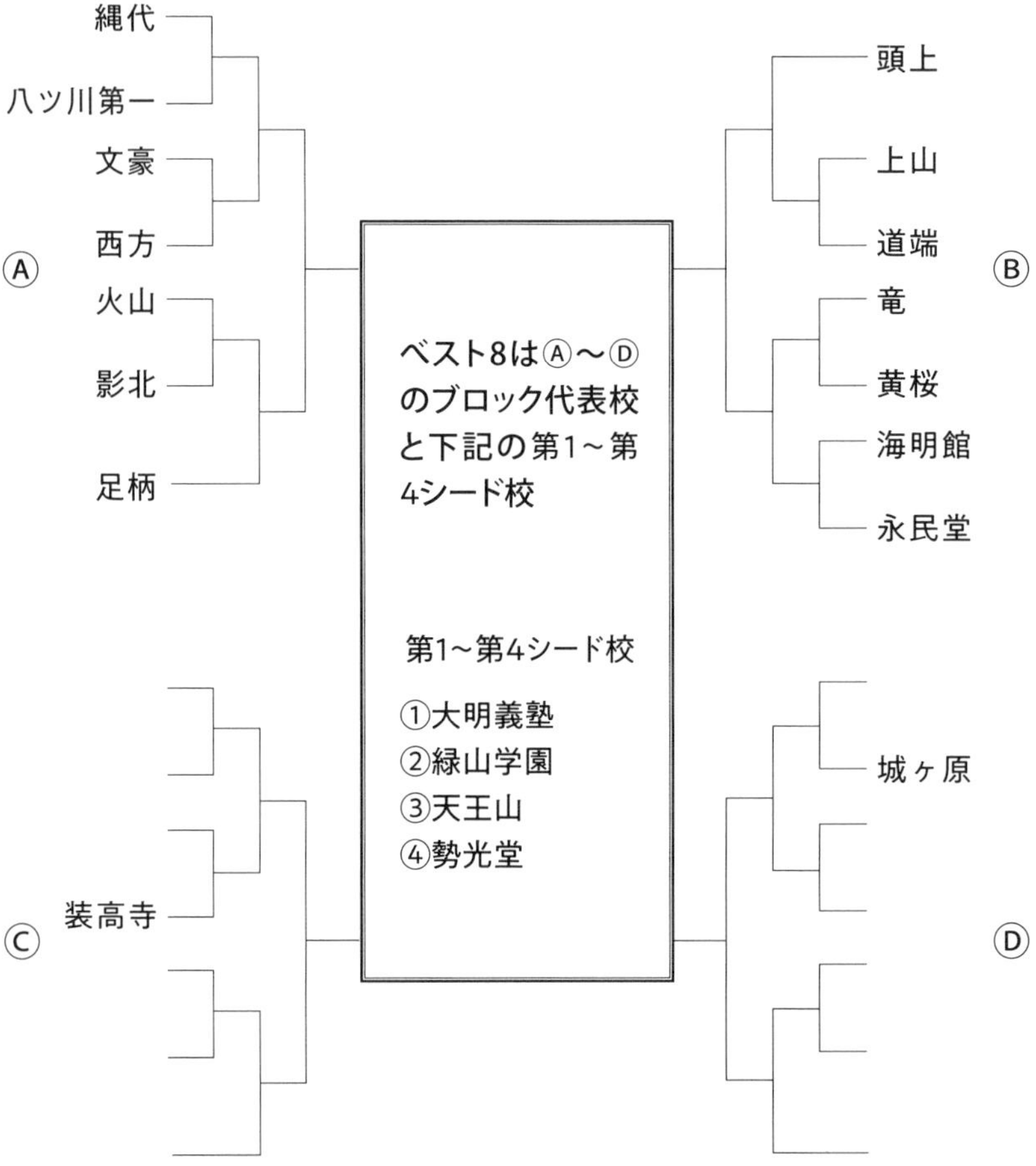
縄代
八ツ川第一
文豪
西方
Ⓐ
火山
影北
足柄
頭上
上山
道端
Ⓑ
竜
黄桜
海明館
永民堂
ベスト8はⒶ～Ⓓのブロック代表校と下記の第1～第4シード校
第1～第4シード校
①大明義塾
②緑山学園
③天王山
④勢光堂
装高寺
Ⓒ
城ヶ原
Ⓓ

第四巻

31　勝つために

バタ、バタ。ガラガラ、バタン。

「吉田！」

縄代の選手達が吉田の病室に一気に押し寄せた。

「うるさいな。久しぶりにゆっくり寝れたんだ」

「でも…」

皆が吉田の頭にまかれた包帯に目をやる。

「最長で1カ月、最短でも2週間かかるらしい。これで秋大会は駄目だな」

「ふざけんなよ」

藤江は吉田の胸ぐらをぐっとつかみ持ち上げた。

「やめろよ、藤江」

「うるせー！　お前が誰よりもビビらなくなるために、知念のボールに食らいついてたのをみんな知ってるんだ。ここでへこたれていいのかよ」

すると、吉田は大粒の涙を流した。そして、藤江のエリを震える手で掴んだ。

「そんなことは俺が一番分かってるよ。だから、勝ってくれ…」

藤江は掴まれた腕をそっと戻した。

最後に皆と部屋を出る間際、藤江は背中越しに言い放った。

「勝って帰って来る」


「でも、どうやって奴らから身を守るんだ」

「ナラ、ワイニマカセロ」

グッチーが携帯のボタンらしきところを押した。すると…

タッタッタッ。50人もの大量のＳＰがやって来た。

「お呼びでしょうか、「グッチーさま」

町の人達がザワザワし始めた。

「逆にバレバレじゃ…」

「ハッハッ。ダイジョウブヨ」

ということで、その日から何人かずつのＳＰが彼らの護衛に当たった。

「ちっ、それならこうするか…」

そう言って物陰に隠れていた男が走り出した。

「山岡様、お気をつけて」

「といっても、家の前だけどな」

（でも、これで本当に安心できるな）

「ただいまー」

そう言っていつも通りに家に帰ると、何やら小包が届いていた。

「何だろう…」

小包に手を伸ばすとさっきのＳＰが入って来た。

「山岡様、待って下さい」

「ど、どうしたの」

「それは危険なものかもしれません。実際に木村様が被害にあっています」

「何だって！」

その日の夜、山岡は考えていた。

（何で、そんなことをしてまで勝ちたいんだ。俺の大好きな野球が出来なくなっちまう）

しかし、その夜にどうすればいいのかの答えは出なかった。

32　危機

箱の中身はケーキで、火をつけると火薬に火がついて爆発する仕組みになっていたそうだ。

しかも、皆の家に送られていたらしい。

「木村の様子は？」

その時、山岡の家の電話が鳴った。鳴り止まぬ鼓動を何とか抑えて、山岡は電話に出た。

木村だった。

「キャプテン。俺は大丈夫だ。少し右手をケガしたがどうってことないさ」

「それなら良かった」

そして、山岡はそっと受話器を置いた。


その頃、影北高校では極秘ミーティングが行われていた。

大会当日、木村は激しい痛みとともに目を覚ました。ビリビリと伝わる痛みは体中を覆った。何が起きたのか？　それを知るのは外から窓を見上げるフードの男だけが知っていた。


集合時間の午前9時になっても木村は現れなかった。

「行くぞ！」

岩寄は苦渋の決断を下した。

何が起こったのかを意識しないように、皆はその話をいっさい口にしなかった。

（9人ぎりぎりの状態で大丈夫だろうか？）

山岡は、無言の自問自答を続けながら、バスに揺られた。

その時、藤江がすっと立ち上がった。

「俺らが悩んだって始まらない。勝って報告しようぜ！」

彼の言葉に誰もが頷いた。

33 仲間

試合直前の練習に縄代ナインは散っていった。藤江がショート、ライトが戸村と急遽の守備変更となっていた。岩寄はいつもより強くノックを始めた。

すると、3塁側に影北の選手達が入って来た。

皆が帽子を深くかぶっており、表情をうかがうことが出来なかった。黒に少し赤がまじるユニフォームは異様な不気味さをかもし出していた。

影北のノックが始まっても、選手達は一向に帽子を動かさなかった。

「何か嫌な感じっス」

「でも、これといってずば抜けたところも見られないな」

黒瀬の言うように突出した選手はいないようだ。

（吉田を襲ったり、爆弾を仕掛けたり、相手のせいだと確定できはないけれど、奴らの仕業と思っていいだろう。この試合は2人のためにも絶対に負けられない）

山岡は心の奥で思った。

そして、号令が掛かり、2チームの選手達がホームに並ぶ。

「今から縄代高校対影北高校の試合を始めます。キャプテン握手」

「お願いします」

山岡は挨拶したが、相手は何も言わずに手を握った。どこかで感じた手の感触に違和感を覚えた。それを感じたのか相手はにやりと笑い元に直った。全員の挨拶とともに試合が始まった

「よろしくお願いします」

知念のボールはいい感じで来ていたので、心配ないと山岡は思っていた。

山岡は1番バッターを確認するため3塁側ベンチに目を向けた。そこにはここにいるはずのない木村が帽子を取りヘルメットに変えている姿があった。

（そんな、なぜ木村が？）

バックスクリーンには確かに1番ショート木村の文字が踊っていた。

それは1本の張りつめた空気となって縄代ナインに伝わった。

ゆっくり歩いてバッターボックスに入る木村に山岡は何も言えなかった。逆に妙な事を思っていた。

(確かに木村だけど普通だったら声をかけてくるはずだ。じゃあまずは…)

山岡はインコース高めの打者の胸元付近にミットを構えた。1球目を知念は思い切り投げた。

(甘く入った。でもこのボールの勢力ならいける)

カーン。何が起きたのか縄代ナインは理解できなかった。練習では、1球もヒットを打つことが出来なかったのになぜボールは右中間へ…

ガシャン。フェンスの柵に当たる音で、彼らは我に返った。

「早く返せ、3塁盗られるぞ!」

しかし、木村はもう2塁を回っていた。

3塁手のグッチーの近くで、ひとり木村はつぶやいた。

「ミッションコンプリート」

波乱の一戦の幕が今、上がった。

34 影北高校

34　影北高校

僕らは普通に、純粋に野球をしたかった。いや、していた。あの日までは…

「私が今年からこの学校の監督になった鳳凰院想介だ。そして、こいつが…」

「鳳凰院修です」

「私たちが来たからにはもう心配はいらない。君たちを確実に甲子園に連れていってあげよう」

この甘い言葉を疑わない訳ではなかった。しかし、最新機材の導入や、室内練習場と専用グラウンドを作る金には勝てなかった。

そして、いつしかこんなところでプレーするなら強くあらねばならない、という気持ちに染まっていった。

だが、いくら導入しても元々の能力の違いには勝てず、二回戦負けの日々が続いた。

その時、想介はこんなことを言い出した。

「何も野球を正々堂々やって勝たなくてもいいじゃないか。裏で手を回そう。大丈夫。ばれることはない。その代わり勝って、勝って、この学校をもっと広めるんだ」

もうそれしかなかった。大明義塾に復讐する方法は。

それからは、野球する時間より情報を集める時間のほうが多くなった。どこでどういう風に仕留めるかが大事になっていた。

そんな中で僕らが勝ち続けるのと平行して、想介は莫大な金を手に入れていた。野球賭博だ。そして人間改造プログラムを始めた。まさか、その1人目が木村君になるなんて…

そんな気持ちを抑えつつ、僕は野球をしていかないといけないのか…

35 力

波乱の試合は1回表、影北が無死3塁から犠牲フライで1点を挙げた。

そして、1回裏、謎に包まれた青年が上がる。

鳳凰院修。公式戦には一切出たことのない表情のない青年だ。

空気感を確かめるように橋北がバッターボックスに入った。しかし、表情のない彼からは何も伝わってこない。

（まずは様子見からっス）

1球目、セーフティバントの構えを見せた橋北を、鋭く曲がるスライダーが襲った。

ボールは左の心臓近くに直撃した。倒れた橋北に無情のコールがこだまする。

「ストライク」

「橋北！」

大声を上げて山岡がベンチを飛び出した。

「キャプテン。大丈夫っス。皆のために立ちます」

「橋北…」

山岡はこみ上げる思いを拳に握りしめた。そしてベンチに戻る。

ゆっくり橋北は立ち上がった。それを冷酷な目がずっと見ていた。

ズバーン。体にボールが当たったことでその後1球もバットを振れなかった。

（くそっ、橋北の分まで俺が…）

スカッ。するどく落ちるフォークは、簡単に川上を三振に打ち取った。

（最後までやって勝つんだ。橋北がつないだ分まで）

シュッ。ストレートが甘く入る。カーン。打球はピッチャーへ…。ズバーン。投げ終わりですぐに打球に反応できる者はプロでも少ないと言われている。しかし、彼はそれをいとも簡単にやってのけた。

「くそっ」

（ピッチャーライナー。これで、試合が膠着状態に入ったら打つ手がないぞ）

山岡の悪い予想は当たってしまった。縄代は鳳凰院修の前に1人のランナーも出せなかった。

一方、知念も粘り、木村と鳳凰院以外にはヒットを打たれずに来ていた。しかし、他の選手もカットで粘ってくるので、球数は5回ですでに100球を超えていた。

6回表は、木村の3打席目だった。

(くそっ、2本続けてヒットされてる。しかも完璧に。ここは歩かすか)

敬遠のサインを送るが知念は首を横に振る。

(だよな。なら、思い切りこい)

知念の投げた3球目だった。ド真ん中のストレートを強く振りぬかれた。カーン。打球はセンターのけがをした橋北の元へ。だが…

「うっ」

走り込んでとろうとして瞬間に先程の所に激痛が走る。しゃがみ込んでしまった。

打球が落ちてくる。

(これが完成品の力だ。これを使えば修も…)

想介が思った時、球場全体が橋北を後押ししていた。

パシッ。グローブをのばすとボールはしっかりとおさまった。

「なぜだ、なぜ完璧を作ったのに」

それを聞いた影北のキャプテンは唇を噛み締めていた。

36
true

6回表を何とか3人で抑え、7番の知念がバッターボックスへと向かった。

「なあ、知念。もうやめにしようぜ」

影北のキャッチャーが声を掛けてきた。それはどこかで聞いたことのある声だった。

(まさか)

すぐにバックスクリーンの表示を見て彼は全てを悟った。

「ヤス、どうして」

「ごめんな。俺はお前らみたいに器用じゃないんだ」

「そういうことじゃねえ!」

知念はかっとなりヤスの胸ぐらをたぐりよせた。

「器用じゃねえからって、敵をおとしめるのかよ。そんな奴だったのか? お前も、十飛の連中も」

(まさか、そんなことって)

そう、影北のオーダーは木村と鳳凰院以外は元十飛のメンバーなのだ。

「仕方なかったんだよ。お前とも、大明義塾とも正直言って差が大きすぎた。練習しても先は見えなかった。教えてくれよ、知念！　諦めなければ勝てるっていうことを…」

ヤスは泣きくずれた。

「試合中だ。泣くな。俺がこの試合で証明してやる」

知念は構える。1球目は低めいっぱいのストレートで、2球目は勢いを殺したスローカーブ。追い込まれた。

（俺は諦めない。決めたんだ）

ボールが知念へと向かって行く。

（これが俺の証明だ）

カーン。山岡と同じようなピッチャー返しに鳳凰院も反応する。だが、勢いがあった。ボールはグローブを弾き彼の頭へと直撃した。

木村のバックアップ。しかし、一塁はセーフだった。初ヒットだ。

「修！」

三塁ベンチから想介が駆けだして来た。

「タンカだ！　早くしろ」

鳳凰院修は謎に包まれたまま、グラウンドを後にした。

「ショートに成平が鳳凰院の代わりに入って、ピッチャーはショートの木村だ」

オーダー変更を審判に伝えると、想介はすぐに医務室へと向かった。

「木村が投げるのか？」

「これは俺の予想に反してるぞ」

木村のボールは勢いよくヤスのミットを鳴らす。

（打ちたい。打って勝つんだ）

しかし、続く戸村でゲッツー。藤江は三振となった。

（せっかくのチャンスをこんな形で潰すなんて。やっぱり木村をなんとかしなきゃ）


その頃、想介は修に語り賭けていた。

「大丈夫だ。お前はあれで強くなれた。絶対にもう一度あそこに立てる。だから、父さんは戻るぞ」

バタン。修は閉まるドアを見て思った。

（僕、何のために野球やってるんだっけ？）

何も出来ぬまま、9回裏を迎えた。

「ヒー君、頑張ってー！」

木村に代わってからは四球なども増えたため陽村に打順が回っていた。

ヒナが応援する。

鼻息一つ、陽村は木村のストレートを打った。

カーン。これが愛の力なのだろうか。全く打てていなかった陽村の1本のホームランで起死回生となった。

37　ラフプレー

「あいつらの息の根を止めろ。注意されないようにな」

想介の言葉に皆が頷く。

カーン。打球は普通のサードゴロでグッチーが1塁に送球する。陽村が捕球してアウトになった、その時…

ガッ。陽村の足を明らかにわざと踏みつけた。

「おい！　反則だろ！」

知念が言うが、ランナーは陽村の陰に隠れていて審判には見えなかったようだ。

「ぐっ！」

足から陽村がくずれおちた。

「陽村君…」

ヒナが心配そうに見つめている。

陽村はもう一度立ち上がった。目は涙目になっているがそれでも陽村は立っている。

「なんでだよ。なんでまた立てるんだ。もう苦しい姿は見たくないのに…」

その後、150球を越えた知念がコントロールを乱し、一死一塁となった。

「ピッチャー知念君に代わりまして、藤江君」

ショートの藤江と知念が交代した。

がっくりと肩を落とす知念に藤江は
「後は任せろ」

と声を掛けた。

バッターはヤスの打順だった。

(これで終わりだ)

1塁ランナーと目くばせした。カーン。セカンド正面の打球。川上が2塁へ送球する。

(行けー)

ランナーは塁を無視してショートの知念にスライディングした。

(決まった)

ヤスはそう思った。

シュッ。だが知念は予想していたかのようなジャンピングスローを見せた。バシッ。

「アウト」

「よっしゃー!」

ガッツポーズをする知念とは対照的に、ヤスはグラウンドに四つんばいになり、現実に目を見張っていた。

「ナイスプレー。よく飛んだな」

「あいつらが本当に悪い奴らなら、確実にやられてた。だけど、この場面で奴らのためらいが出てたんだ。あいつらのためにも自分達のためにも全力で戦って勝とう！」

「おー！」


「なぜ仕留められなかった？　あれだけやってきたのになぜだ！　この役立たずが…」

想介が手をあげると、修が叫んだ。

「やめて父さん！」

思わぬことに想介は目を疑った。

「まさか記憶が戻ったのか？」

「そうだよ。全部お医者さんに教えてもらった。だからもうその人達を自由にしてあげて」

「してあげるさ。だが、木村を元に戻すことは出来ないだろう…」

「なぜですか？」

「人間改造プログラムの完成品は、私が修に行った従来品とは比べものにならないほどの圧が掛かる。何か大きなことが無いかぎりはもう…」

ガタッ。山岡が影北ベンチに殴りこみに来た。

「ふざけんなよ。好き放題やっといてこのザマかよ。大人なりに責任取りやがれ‼」

初めてだった。こんな山岡を見るのは。仲間のことを思えば当たり前だが、ここまで熱くなっている彼は見たことがない。

この暴動により、警察も巻き込む大騒動となった。

「影北VS縄代戦で暴動。鳳凰院逮捕。戻らぬ友への涙。人間改造プログラムとは？」

次の日、新聞の社会面にこの文字が山岡達の虚しさをよそに載っていた。

影北の反則ということで縄代のベスト8進出が決まったが、縄代の選手達は練習に来ようとしなかった。

準々決勝は1週間後だ。一体どうなってしまうのか？

38　失踪

鳳凰院の研究所が早急に撤去されて木村の制御が外され、保護する前に失踪したとの情報が入った。

山岡は一人でグラウンドを走っていた。

キイッ、バタン。そこに30代後半で日本人の男が、グレーのチョッキに身を包み入って来た。

「よお少年。一人で練習かい？」

「事件のことを聞いても何もしゃべりませんよ」

「ああ、そりゃ悪かったな。だけどそんなことのために来たんじゃないんだ」

スッと白い紙を差し出したので、不審に思いながらも山岡はそれを受け取った。

「この大会後にチーム全員を連れてくるといい。招待状だ」

「えっ」

そう言って急いで開くと、そこには球心寺というお寺の名前と地図が書かれていた。

「あの、これは？」

そう言って見上げた時、彼はそこにはいなかった。


とあるコンビニから川上が、怪我の吉田と橋北のために差し入れを買って出て来た。

「おっ川上」

「黒瀬！　めずらしいな。見舞い行こうぜ」


2人で階段を上がりながら2人は下を向いていた。

「ついに人数不足になっちまったな」

「ああ、でも僕は、初心者から始めてよくこれだけになれたと思うよ。どれもこれも山岡と知念の的確な指示と練習メニューのおかげさ」

「ああ、厳しかった分、ここにいられる意味になるんだよな」

「キャプテンどうするんだろ」

「奴は最後まで粘るだろうな。まだ大明とも戦えてないし」

そんなこんなで吉田と橋北がいる病室に着いた。

コンコン。

「どうぞ」

2人は笑顔で迎えた。

「勝ってくれたんだね。ありがとう」

「でも、木村が…」

「みなまで言うな。大丈夫。きっと奴は帰ってくる」

「それよりどうするんスか？　残り1人分は？」

2人は黙り込んだ。すると、窓から風が吹き大きな樹木から枯れた木の葉が入って来た。

「俺らへの試験だよ。今までが上手くいきすぎてた」

「でもこのまま辞退なんて嫌っス」

バタン。そこへ知念が駆け込んで来た」

「良い知らせがある。グラウンドに集合だ！」

39　救世者

急いで川上と黒瀬が駆けつけると、そこには安岡がいた。

「おい、山岡！　多分そうだろうとは思ったが、何で敵だった奴を！」

「そうだよ。しかも仲間を傷つけられたじゃないか」

「じゃあどうやって試合をする」

ピシャリと知念が反論を抑える。

「安岡のことは俺が一番分かっている。ひどいことをしたと反省してるんだ」

「俺らは彼自身の言葉を聞きたい！」

皆の視線は安岡一点に集まった。

「僕は皆を裏切ったことには違いない。だからこそ僕に出来ることがあればしたいと心から思っているんだ。それに、本当の野球をやりたいんだ。だから…」

「しゃーねえな」

「その分、倍頑張ってもらうよ」

「ありがとう。５倍でも10倍でも力になって返すよ」

ヤスが皆に迎え入れられていた時、グッチーは球場にいた。

得点は1対2で上山が海明館を1点リードしていた。

9回裏。海明館のエース赤入修がいた。

（俺が打たなきゃ！ここまでやって来たことを無駄にしたくない！）

初球。カーン。短く持ったバットで振り抜かれた打球はセンターへときれいに抜けていった。

「よっしゃー！」

その後だった。一気に火のついた海明館打線は、一挙に7得点をたたき出した。

（シュウノチーム、ヤッパツヨイネ！）

9回裏…シュー、バシン。ジャイロボールは勢いよくキャッチャーミットに吸い込まれた。

「よっしゃー。ベスト8だ！」

優勝した時のような歓喜の輪がマウンドに出来ていて、その中心で赤入が微笑んでいた。

試合後、バスに乗る赤入にグッチーが声を掛けた。

「シュウ！　ヤッタネ」

「おお、グッチー。ほんまおおきに。当たる時まで残るんやで」

そう言って出された手に、グッチーも手を重ねた。あの日の約束のように。

ジャイロボール正誤表(L：行数)

ページ	行	誤
7	後ろから11L	２死
43	後ろから5L	八ッ川
50	後ろから4L	２塁手
75	後ろから6L	向かっていった
79	L３	フォアボール
81	後ろから1L	彼はいつも
89	L９	「お呼びでしょうか、「グッチーさま」
108	L 15	…駆けこんできた」
114	L６	４試合目は、
131	L１	縫い目に賭けられた
133	後ろから6L	落ち付いた
135	後ろから1L	向かった」
137	L３	つけ変えた
145	後ろから7L	あの姿をみるまでは、
161	後ろから9L	引きづり

	正
	二死
	八ツ川
	2番手
	向かっていった。
	フォアボール。
	僕はいつも
	「お呼びでしょうか、グッチーさま」
	…駆けこんできた。
	⇐1文字上げる（前の行の続きの文章なので）
	縫い目に掛けられた
	落ち着いた
	向かった。
	付け替えた
	あの姿をみるまでは。
	引きずり

40　ベスト8

第1シードの大明義塾は、ここ2年ほど連続で夏の甲子園に出場している強豪である。また、今年は強力な1年（猿跳真など）が入ったこともあり、優勝候補の最有力校だ。

第2シードは緑山学園。エースの見浦とキャッチャーの安達のコンビで2年連続の選抜甲子園出場のために、昨年成しとげられなかった地区大会制覇を目指す。

第3シードの天王山《てんのうざん》は、天王山《てんのうやま》で鍛えた足腰を武器に盗塁と打撃を絡め、今年もシードを獲得した強豪校である。中でも、東瞬輔の走力と打撃力はプロ注目である。

第4シードの勢光堂《せいこうどう》は、超無名だったのにもかかわらずシード校を倒し、学校初のシード権を手に入れた。無名だっただけに情報は少ない…

Ⓐブロック代表は縄代高校、元緑山付属の山岡とジャイロボールを投げる知念を中心としたチーム。1年目で、この前まで初心者だったとは思えないようなプレーでここまで勝ち上がってきた。影北戦の影響が心配される…

Ⓑブロック代表は、創部20年目で、初優勝をこの前あげたばかりの海明館。赤入の才能が開花し、ジャイロボールを投げられるようになったことが、勝ちにつながっている。

Ⓒブロック代表の装高寺も海明館と同じくダークホースだ。鉄壁の守りはアジアの大山

脈と呼ばれている。バランスのとれたチームプレーで勝ち上がってきた。

Ⓓブロック代表の城ケ原は昨年、勢光堂に敗れてシード落ちを経験した。Ⓓブロックでは圧倒的な大差で勝ってきた。ベスト8の戦いで暴れ回れるのか。

以上がベスト8である。

第四巻　完

第五巻

41　準々決勝開始

「準々決勝第1試合は、天王山高校対装高寺高校。さあ、今年の秋の覇者はどの学校になるんでしょうか」

テレビ中継の声が興奮の熱気を伝えていた。

準々決勝は1日に4試合行われるハードスケジュールだ。前日のくじ引きの結果、1試合目は、天王山対装高寺。2試合目は、勢光堂対城ケ原。3試合目は、大明義塾対海明館。4試合目は、緑山学園対縄代と以上に決まった。

1試合目は、5回に入ってプロ注目の東がヒットと盗塁を決めて、一死三塁としてから犠牲フライで先制。結局これが決勝点となり天王山がまず、ベスト4進出を決めた。

2試合目は、昨年からの因縁の対決。初回に城ケ原がスクイズで先制するが、5回には追いつかれて7回には逆転。勢光堂はエースナンバーをつけた東明忍が安定感のあるピッチングを見せて、今年も勢光堂がベスト4へと進んだ。

「球に1球も当たらなかった…」

城ケ原の選手達は東明のボールをそう評価したという。

そして、グラウンドでは第3試合目が始まろうとしていた。


「イソゲ！　ハジマル」

「分かったから、ちょっと周りのこと考えろよな」

一人で飛ばして来たグッチーに山岡が言った。

その後ろでは、残りのメンバーが疲れきって倒れこんでいた。

「ナニシテンヤ、イクデ」

「やっぱ慣れないな」

山岡は、認めながらも呆れてつぶやいた。もう一度バックをしっかりかけ直して、座席へと向かった。


一方ベンチ裏では…

「監督どうしたんやろか？」

「さあ、先に行けっていう伝言だけしか聞いてないぞ」

ガチャ。ドアの音とともに1人の男が姿を現した。30代後半の日本人…もう分かるだろう。緑山学園のエースの見浦や山岡と接触したあの男である。

「あなたは誰なんですか？」

「監督代行さ。渋滞で来るのが遅れるらしい」

少しとまどったように顔を見合わせあう海明館ナインをよそに
「じゃあメンバーを発表するぞ」

と言い、発表されていった。

その発表に全てのメンバーが驚嘆した。

42　戦略者（グラウンド・マジシャン）

「おっ、始まるぞ」

グラウンドのホームに整列した選手達を見て知念が言った。

1回表の海明館の守備陣に黒瀬は目を見張った。

（これは…）

海明館のマウンドに赤入の姿は無かった。

「シュウガ、ショートヤト」

「カタカナ言葉で何言ってるか分からんぞ」

岩寄監督は笑っているが、選手達にすればこれは大事件だ。

すると、海明館の監督と思われる人がベンチから出て来たのを見て山岡は目を疑った。

「あの人は…」

山岡は気づいた。あの日の男である。

「どういう事だ。海明館の監督はあんな人じゃなかったはずだ」

原因をつきとめた黒瀬が言った。

ゆっくり男はマウンドに行くと、ポンと先発の小田の肩を叩いた。

「肩に力が入ってるぞ。今まで投げてなかったから仕方ないかもしれないが、今日の練習を見るかぎり、お前が一番調子がいい。自信を持て！」

「はっ、はい」

勢いに負けて、小田は答えてしまった。

「ムムッ、アイツハ！」

マティーはグラウンドの男を見て、驚いた。そして、少し涙を浮かべた。

一番の猿跳真がゆっくりと左バッターボックスで構えた。

（どんな感じか楽しみですね）

笑みをこぼした。
「プレイボール」
サイレンの音が鳴り響くのとともに、第1球目が投じられた。
ズバーン。ミットの乾いた音がグラウンド全体に広がった。
151キロ。誰もが現実を受け入れられなかった。
(素晴らしい。これが僕が求めていたものだ)
猿跳の目は、より活き活きとした。
キーン。150キロを越える速球をいとも簡単にカットしてみせた。
(こいつが猿跳真)
ただならぬ雰囲気に赤入は息を飲んだ。
しかし…
ズバーン。空をきったバットは猿跳の手から離れて落ちていった。コン、カン。
155キロ。
山岡が下克上というものを肌に感じた瞬間だった。

43　心

小田は、今まで悔しさと嬉しさに悩まされてきた。

赤入は自分よりも才能があるし、変化球も投げられる。自分には力任せのストレートしかない。

初めてだった。コントロールも悪く、速いだけだと思っていた自分のストレートがほめられるのは。

だから今、彼はマウンドに立つ。

「うおー」

ズバーン。空気切り裂く豪速球は、大明義塾の強力バッター陣から次々と空振りを奪っていった。

三者凡退。大明の今大会初の出来事にスタンドは沸いた。

「よっしゃー。ナイスピッチング」

「すげーよ、お前」

仲間がたたえる中で赤入はそっと手を差しのべた。それに小田も応える。

「わいだってあんなボールは投げれへん。ナイスピッチや！」

「あぁっ」

2人はがっしりと握手をかわした。

「予定外ですね」

「まあ、あいつはストレートだけだから、後1、2回で交代だろう。その後の赤入を徹底的に狙え」

「さて、キャッチボールにでも行ってくるか」

198センチの長身がゆっくり動き出した。

「あいつが大明義塾の絶対的エース要建一か」

醸し出されるオーラの圧倒的な力で空気を震わせていた。

ビュー、バーン。何かが爆発するようにミットを鳴らすボールの音は、四方八方に飛び散った。

ヒュッ、スパン。大きなカーブもキレキレだ。

「まずはバットに当てていこう」

1番バッターは言われた通りに、体を泳がせながらもカーブにバットを当てた。

「いいぞー！　当たる、当たる」

そんな希望を、次の3球が打ち砕いた。

投げられたド真ん中のストレートは、バッター方向に向かって回転して加速していく。

ズバーン。

「君達が打てる訳ないでしょ」

赤入は、言葉を失った。

「あれは、ジャイロボールじゃないか⁉」

「いや、あれはただのジャイロボールじゃない。ジャイロボールでも一番のノビがあるといわれるボール、ストレートターボ！」

「ストレートターボ？」

謎の名前を口にする知念は、一人で冷や汗をかいていた。

44　真のジャイロボール

「ストレートターボって何だよ、知念？」

「ワタシガ、セツメイシマショウ！」

知念の座っている左サイドの階段からゆっくりマティーが降りてきた。

「マティーさん、どうしてここに？」

わかる！
ジャイロボール
―〈応用編〉―

「チョットキニナルジョウホウヲ、キイテネ」

左の一番端の席に座り続けた。

「ソレヨリモマズ、ジャイロボールニ、シュルイガアルコトヲ、キミタチニシッテホシイ」

「どんな種類が?」

「マズ、ストレートターボデス」

さっと、手を上げると、どこからか秘書が現れた。

「どこから⁉」

「まあ、お気になさらず。このストレートターボというのは、ストレートの普通の握りで知念様が投げるジャイロボールの進化形と言ってもいいでしょう」

「進化形⁉」

「はい。簡単に言えば、知念様のボールはレベル1、要様のボールはレベル2と言ったところでしょう。もっとジャイロボールを使いこなし、キレと球威を上げればストレートターボになるのであります」

グッチーは難しい話に泡をくっていたが、他の皆には伝わったようだ。

「でも、レベル1、レベル2で終わる訳がない。他にも種類があるんですよね」

「さすが、IQ200の黒瀬様。その通りです。こちらをご覧下さい。

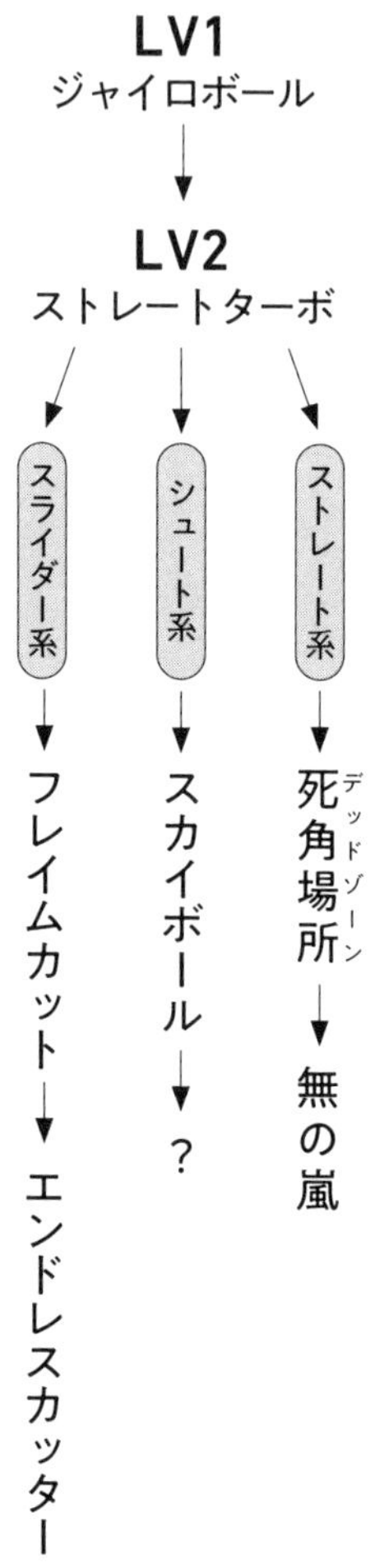

このように、ジャイロボールには、確認されているだけでこれだけの種類があるのです」

「スライダー系や、シュート系もあるなんて!?」川上は、スカイボールの下にある?に指をさした。

「これは何ですか?」

「こちらのボールは、まだ未開発のボール。車田様がその昔、このボールを完成させたとは聞きますが、誰も明確には知らないのです」

「そうなんだ」

立派な説明に約1名を除いて拍手をした。

バンッ。チェンジ。

そんなこんなで1回裏の攻撃が終わった。

「結局、説明したのは秘書さんでしたね」

笑顔で山岡がマティーに話し掛けると、マティーは「ワッハッハ」と大笑いした。

45 先を見る力

監督代行の男が、2回のマウンドに行く小田に一言かけた。

「お前なら後2回パーフェクトいけるはずだ。行ってこい」

「はい‼」

小田が勢いよく出ていくのを見て男はにこりと笑い見送った。

（3回までは膠着状態が続くだろう。何とか残り2回で要の弱点を見つけなければ…）

一転して真剣な表情になった男は腕を組みながら、要の投球フォームを撮ったビデオを繰り返して見ていた。

ズバーン。151キロ。まだ威力は落ちてはいなかった。

風を切るバットスイングのするどさと、キレキレのストレートの空気がぶつかり合いゴゴッという上昇気流が発生していた。

「ストライク。バッターアウト」

「よっしゃ、ハアハア」

2回を抑えきった小田が少し息を上げながら返って来た。チームメイトから水を受け取るとすぐに口に放り込んだ。

「監督、バッティングの指示を」

「悪い…もう少し時間が欲しい。赤入！　出来るだけ粘ってくれ！」

「わかっとりますわ！」

意気揚々とバッターボックスに入り、要と対した赤入は体が震えるのを感じた。

(立っただけで分かる。絶対的な力の差が…。でもあの人なら小田を見抜いたように要の何かを見抜くかもしれへん。わいが何かを伝えるんや‼)

1球目のストレートを、バッティングフォームが崩れながらもカットする。

2球目は、ストレートターボだった。ビュー。スカッ。ズバーン。

(あんなノビありまくりなボール、見たことあらへん)

今の状態を見ても男は無言のままだった。しかし、次の瞬間小さくつぶやいた。

「次は、落とすか」

ヒュッ。スカッ。ストン。大当たりだった。

「すんまへん。何も出来んかった」

「いいや、投球パターンは今ので何となく読めてきた。お前のおかげさ。そろそろ小田は限界だ。肩を作っておけ」

「はい！」

仲間からグローブをもらうと投球練習場へと赤入りは全力で走っていった。


「でっ、本当に分かったの？　黒瀬」

「ああ、まだ仮定だがな」

「本当に分かったんですか？　監督」

「ああっ、ただ確信が出るのは、次の打席の結果次第だがな」


1球目…

(ストレートターボじゃないはずだ)

(ストレートターボはこない)

カーブ。カキーン。ファールになった。

2球目…

(ストレートターボだ)

(ストレートターボだろう)

ストレートターボ。ズバーン。追い込まれた。

(次は…)

(次は…)

「フォークだ！」

２人が言うと3球目は、バッターの手元でストンと落ちた。

男と黒瀬の読みに、周囲は驚きの色を隠せなかった。

だが、要はまだ余裕の表情だった。

46　持久戦

「投手にはここでこれを投げたいという意志がある。また、上手くそれを利用している。1球目を、ストレートやカーブなどで甘くストライクを取り、ストレートターボで厳しくストライクを取り打者の焦りをさそう。そして、焦った打者は気持ちいいようにフォークを振ってくるという投球術。まさに打者を鏡で見透かしてやがる」

「それで監督、どうするんですか？」

「すぐには動かない」

「なぜですか？　そこまで分かれば、1球目のカーブかストレートを狙えば…」

「それは駄目だ」

「なぜだ、黒瀬⁉」

「考えてもみろ。せっかく投球法が分かったのに下手して打って、複雑にされたら海明館に勝機はない」

「じゃあ、どうすれば…」

「決着は、最終回になるだろう」

2人の口からこぼれる言葉はまたしても同じだった。

三振をしてうなだれてくる選手の肩をそっとたたいて、小田がマウンドに向かった。


「ラスト1回だな」

「仕掛けてくるかもな」

黒瀬が言った通りだった。大明義塾サイドから1人の選手が出て来た。

「七番山川君に変わりまして要建二君」

「えっ、兄弟ー!!」

縄代の選手達は飛び上がった。

小柄の体の要建二がバッターボックスに入ると空気が少し変わった。何かが起きるんじゃないか、そんな雰囲気に会場が包まれた。

バッティングフォームはとてもコンパクトで、バットを肩でかつぎインステップだ。

(カットマンか…)

男は一瞬で見抜いて。そしてまた厳しい顔で腕ぐみをした。

1球目。キーン。わざとタイミングを外したファールボールがバックネットにぶつかった。

（どんなボールを投げるピッチャーでも、カットすることが出来ればこっちの勝ちだ。これがここで生き残る道なんだ）

カキーン、キーン。１５０キロ以上のボールを簡単にカットされて、小田は疲れがピークに達していた。

「タッ、タイムー！」

キャッチャーの大林がマウンドに向かうと、息を荒くして小田が言った。

「変化球でいくか？」

「えっ、でもあの球のせいで、お前は一時期練習できなかったんじゃないか」

小田は、がしっと大林の肩をつかみ言った。

「今しかないんだろ」

無言で戻ると、大林は、五本指でサインを送る。小田はゆっくりと頷いた。

47　ラスト一球!!

（これが俺のラストの登板だ。だから、３人は抑えきる）

ワンシームの握りで縫い目に賭けられたボールを放り出すと回転が多くかかりすさまじいノビになった。

（なんだ、あのボールは…当たれ‼）

バットは、完全に遅れてボールの下を通過していった。

「ぐっ！」

小田は肩をおさえてマウンドの上に膝をついた。

「小田！」

「来るな！　大丈夫だ」

（後２つ）

ズバーン。

（追い込んだ。後もうちょいだ）

「うおー」

（ぐっ。かっ、肩が）

ズバーン。

（ふん、所詮その程度の奴が無理するからこんなことになるんだよ）

要建一が小田にバットをつきつける。

「お前のその魔球、打ち砕いてやる」

小田は、重みを感じる肩に耐えながら、余裕と思えんばかりに笑みを作った。

（残念な奴だ。こんなところで終わるには惜しいのにな。せめて、俺が現実を見せてやらないとな）

1球目のストレート。要はバットを振らなかった。

ズバーン。151キロ。

「どうしたよ、さっきの威勢の良さは」

「話し掛けるんだったら、自分のことを考えたらどうだ」

ぐらつく小田に仲間が声を掛ける。

「がんばれ」

「いけるぞ」

ズバーン。152キロ。ついに、追い込んだ。

（化け物かよ。この前まで投げてなかった奴とは思えない。だが、あのボールの弱点は分かってるんだ。しっかりと上から叩く！）

3球目。投げた瞬間に、小田が頭から崩れ落ちていくのを、大林ははっきりと見ていた。

（後は、神に聞いてくれ…）

回転のかかったストレートは一直線にミットへと向かう。

（今だ）

バットがしっかりボールに重なると、確かな感触とともにボールが飛んでいった。

48 野球の神様

スコアボードに「1」が点灯したのは、それから数秒後のことだった。

「ピッチャー、赤入」

男は、審判にそう告げて、すぐにマウンドへと走った。

「ごめんな。俺の責任だ…」

「いいえ、いい思い出を作らせてもらいました」

男の肩に身をあずけ不格好に去っていく勇姿に誰もが拍手した。

「やっとお出ましか。楽しみはここからってことか」

猿跳が集中を高めているのに対し、赤入は不思議とリラックスしていた。

(こんな落ち付いたマウンドは、生まれて初めてや。それもあいつのお陰かもしれへんな)

自分の右の手の平をぐっと握りしめると「よっしゃ!」と一言発した。

「海明館がんばれ!」

「大明なんてぶち倒せ!」

「お前らが時代を作るんだ」

会場のちらほら聞こえた声が発端となり、大海明館コールへと変わっていった。

１５６キロという数字が出た時点で、赤入の覚醒を理解していないものは誰もいなかった。

鳴り響く声援につつまれながら投じた一球目は、声をたよりにミットへと届いた。

「カイメイカン！カイメイカン！」

「出すしかないか」

「これは俺らも」


(野球の神様よ。ちょっとばかし、登場が速いんじゃないの)

男は冗談まじりに思った。

(本気かよ。これは、想定外だ。まだ俺も解放条件整ってないのによ)

猿跳は珍しく冷や汗をかいていた。

「どうした、そんなもんか」

「そんな事を言ってる暇があるのか？」

ビシ！。１５６キロ。

(ちっ、これは完璧に覚醒しやがった。早く試合を決めたかったのによ)

スカッ。最後は、フォークで三振に取られてこの回が終わった。

「赤入、ナイスピッ…」

仲間の声かけに全く反応せずに赤入はベンチに腰を落とした。

「覚醒って知ってるか？」

「いいえ、ゾーンなどは知ってますけど…」

「信じられんと思うが、この覚醒って奴は他と違くてな。自分が力を解放するんじゃなく、力を貰うんだ」

「貰うとは？」

「実はな、訳あって実際に俺も体験したことがある。言葉で表すなら、野球の神様が力をくれるって感じだろうか」

「野球の神様ですか⁉」

選手達は、あまり理解出来ていないのか、ぽかんとしている。

「まあ、ただ言えることは、俺達の勝機は全て、あいつが握ってるってことだ」

49　ゾーン

「さっきの回で俺が全てを決めた。もう大丈夫だろう」

「いや、赤入がいる。念のためにあいつの時は敬遠だ」

「ちっ、しょうがねえな。勝負しても変わんねえよ」

「念には念を。いいな！」

大明のキャッチャーは要に助言をしてホームへと向かった。

（ったく。もう勝負は決まってんだろうが。このコンビネーションは未だに打たれたことねえんだよ）

次々と三振に取られていく海明館のバッター陣に、山岡は苛だちを感じていた。

「何か手立ては無いのか」

「だから言っただろ！　最終回だって」

しかし、一方的な三振ショーに耐えかねたのか、一度ヒートアップした観客も段々帰っていった。

「やっぱり無理なんだな」

「あーあ、つまんねえの」

そんな声も聞こえ始めていた。

「ソンナコトイウナ‼」

グッチーが思わず、青年2人に水筒を投げつけた。

「痛ってーな。何すんだよ。そこの黒人ヤロー」

「カイメイカンバカニスンナヨ」

「なんだよ。俺らは事実を言っただけさ」

「やめろ、グッチー。放っておけ」

冷静な黒瀬の忠告に、渋々グッチーは席に座った。

その後、試合は両エースの好投でハイスピードで進んで、ついに運命の9回に入った。

大明は、打順の回り良く1番の猿跳からだった。

「やっと、本当の力が出せる」

そう言って、今までのバッティンググローブを古めかしい物につけ変えた。すると、集中力が段々研ぎ澄まされていった。

「まさか、ゾーンを使える奴が1年でいるとはな」


「さあ、こい！」

グローブを自分の体の前に構えて赤入はゆっくり頷いた。

1球目。投げた瞬間、両者の空気がぶつかり合い、大きな砂埃になった。

ビュー、と向かっていくボールに目が付いていっていた。カキーン。バックネットへのファール。

「これがゾーンなのか。だが…」

ズバーン。

(な、何。ゾーンのこの俺の上をいくだと)

覚醒とゾーンの違いを思い知らされて、猿跳は三振に倒れ、続く2人も抑えられた。

50　大バクチ

「俺が出す最後の指示だ。３球目のフォークを狙え。いいな」

大バクチ。それが似合うような作戦だった。

「よしっ」

９番バッターがバッターボックスに入る。

ズバーン。

(追い込まれた。ここでフォークを…)

千載一遇とはまさにこのことだろうか。高めに浮いたフォークをしっかりはじき返した。

「やべっ、やっちまった」

「おい！　要！」

「わりー、わりー」

(おっかしいな。今日は握力がもたないな)

ヒュッ、カキン。

(ゲッ、まただと)

「やっぱりこうなると思ったぜ。フォークはひとまず休憩だ」

「分かったよ」

（まずいな。これで奴らは配球を変えてくる。でも、今さら指示は変えられないしな）

男は、そう思った。

その時、医務室から1人の男が飛び出して来た。

「おめーら、赤入には死んでも回せ！」

まぎれもなく、小田だった。この魂の叫びが何かに変わって、選手達の心を突き刺した。

「うおー」

キーン。ノーアウト満塁。


「タッ、タイム」

「何だよ。ストレートでいけば大丈夫だよ」

「いつまで天狗でいるつもりだ」

バシッ、と大明のキャッチャーは強く要を叩いた。

「痛いっすね」

「痛いもくそもあるか！　お前は、健二の努力も知らないで、自分の能力を持て余しやがって。次打たれたら負けるかもしれないんだぞ」

「打たせませんよ。絶対」

「ふんっ、始めっからその目になってくれ」

さっきと違う鋭い眼光で見つめられた3番バッターは三振に倒れて、ついに最後のバクチへと移った。

(よく、ここまでやったわ。でも、全ては力の差だ)

バシーン。赤入は反応出来なかった。

「シュウ、ガンバレー!」

グッチーの声を発端に、残った人達での修コールが起こった。

(とうてい無理な話だ。あいつが本気になった時は、ヒットの1本も打たれたことないんだからな)

ズバーン。浮き上がるんじゃないかと思うくらいのストレートがミットに突き刺さる。

泣いても、笑っても、これで勝負が決まる。

ストレートターボは、勢いよくミットへとぐんぐん伸びてきた。赤入の目はついていっていた。

(見える。ここが、ホームランゾーンだ!)

カーン。

山岡は、今までで一番美しい音色の金属音をそこで聞いた。

赤入の目から、1滴、また1滴と雨が降り出しているのを打球を追うのに必死で、誰も気付いていなかった。

第五巻　完

第六巻

51 友

「よお、山岡！　久しぶりだな」

試合の準備でグラウンドに出て来た山岡に、安達が声をかけてきた。

「おお、まあお互い悔いのないようにな」

「ああ」

がしっと握手をかわすと、それぞれのベンチへと戻っていった。

（親友だからこそ、勝たないといけない）

（絶対あいつには負けたくない）

同じキャッチャーとして競い合ってきた２人の出会いは、ちょうど中１の時だった。


「山岡久志です。希望ポジションはキャッチャーです。よろしくお願いします」

「安達信次郎です。希望ポジションはキャッチャーです。よろしくお願いします」

パチパチと拍手で迎えられる中で、２人はライバル同士であることを知った。


バシン。ズバン。

「ナイスボール！」

キャッチングは、山岡の方が上。

カキーン。カーン。

「ナイスバッティング！」

バッティングは、安達の方が上。

お互いが、どっこいどっこいの実力だったため相手に応じて並用して使われるようになった。しかし、打撃は水ものとよく言うように、確実なバッティングをして、安達は安定した打率を残すことが出来ずにいた。

一方で、山岡は巧みなリードでピッチャーを引っ張っていったことから、固定で使われるようになり、いつからか安達は2番手キャッチャーになっていた。

「なんでなんだ⁉」

グローブを部屋の床に投げつけて悔やんだ時もあった。あの姿を見るまでは、
ブン、ブン。素振りのする音に気付き安達は放課後でもう誰もいないはずのグラウンドに目をやった。そこには山岡が1人黙々と苦手なバッティングを克服するためにバットを振っていた。

安達は、はっとした。自分は悔やんでばかりいて何もしていなかったのに対して、山岡はずっとバットを振り続けてレギュラーを勝ち取ったのだ。

（俺も自分で出来ることからやっていこう）

その日から、安達は1つ1つの技術と配球を山岡に直接聞いたり、プレーを見たりしながら一生懸命、自分の苦手を克服していった。

（感謝しているよ、山岡。俺に一生懸命にやることの大事さを教えてくれた。そして、俺は、頭脳とバッティングの両方を身につけた。絶対に負けない!!）

安達の目には、自信がみなぎっていた。

52 エースの自覚

両チームともがベンチ前で円陣を組んだ。

「ここまできたら目指すは頂点だけだ。いくぞー!!」

「オー!!」

「名門の名に賭けて絶対に勝つぞー!!」

「オー!!」

「集合！」「ようし。お願いします!!」

大事な試合が始まった。

先行は、緑山学園。

マウンドには、知念が堂々と立った。

（この試合は、木村のためにも絶対に負けられはしない）

緑山の1番がバットを肩にもたせながら構える。プレイボール！

初球は、ストレートだった。キーン。141キロ。

この前の時よりもノビがあったが、やはり名門。しっかりとカットする。2球目のカーブはアウトコース低めいっぱい。追い込むとバッターはバットを短く持ちサインに頷いた。

（この試合、長期戦になると考えると、知念に打たせて取るピッチングをさせよう）

短編集

二つの光――

燃えさかる炎の中に1つの光が生まれた……荒れ狂うさざ波の中に1つの光が生まれた……

僕らは、何時しか悲劇を忘れる。殺人、自殺、いじめ、自然災害、戦争。風化したものを覚えている人はいない。それは、いい事であり、悪い事である……

「木下！　何だ、このでたらめな作文は！」

「えっ？　駄目ですか？」

「駄目もくそもあるか！　俺をなめてんのか！」

居残りの教室に4枚にも渡る原稿用紙がバラバラと投げ出されると、ピシャリとドアを閉めて1人の男性教師が出て行った。

「やれやれ、事実を書いて何が悪い」

1枚1枚拾い上げて、トントンと机の上で整えると、青年は青空と何もない外を眺めた。

「ばかやろーが」

青年は小さく呟き、まとめた紙をクシャッと丸めて外へと放り出した。

下駄箱の靴を履き替えていると、1人の白い顔をした少女が青年の前を通り過ぎた。黒い髪から匂う香りに青年は立ち止まった。すると少女も振り返る。目と目が合ったが、2人は笑い合わなかった。5秒間がとても長く感じられた。

すっと少女は目をそらしてその場を後にした。


二×××年。日本は、度重なる自然災害に悩まされていた。原子力の再事故、酸性雨、火力発電所の大気汚染、水質汚濁。そして、モンスターナチュラルショック。

そして、彼は、それから生き延びたたった1人の二〇××年の日本人である。


何もない草むらをただ彼は進んだ。1本の大木の前で立ち止まると、斜めにずれて掛けられた木材の看板がカタカタと鳴った。風が吹いている。制服のポケットに手を突っ込みながら消えそうな字を必死に追った。

「オレラハトモダチ」

青年は、何かの思いをかみしめ、目をそっと看板から外した。風が吹いている。強い風が吹いている。

少女は、誰もいない教室へ一歩入ると、

「どうして私は……」

と呟いた。彼女の居た国では内戦が激化していた。戦場で4年に1回のうるう年に彼女は産まれた。そして、生き延びた。風が吹いている。風の吹くはずのない教室に風が吹いている。


次の日の朝、彼はいつものように登校した。

1人だけの教室に。モンスターナチュラルショックは、彼と同じ学年の生徒全員の命を奪った。自然災害の総合といわれるものだった。

全ての天変地異が起こり、全国でもたくさんの被害を出した。そして、彼だけが、当時生まれたての彼だけが生き残った。


外で仲良く遊ぶ上下学年の生徒達に目を向けることなく、彼は、未来を見つめていた。

少女がゆっくりと教室に入って来て彼の1つ前の席に座った。

「未来が見えるの?」

「ああ、いつからかは忘れたけど。でも、見えてた未来も、ある部分からは真っ黒なんだ。何かが起こるのかも」

「私にはね、過去が見えるの。あなたの産まれた所や場所、全部が」

窓から春の風が2人の髪を左右に振った。パシッ。彼は、少女の手を掴んで、

「行こう」

と言った。


あの看板の垂れさがった野原を抜けて、小さな雑草の生い茂る丘へと2人は走った。空は暗くなっていった。夕暮れの空のくっきりと映るスクリーンの中央に2人は腰を下ろした。

「私、この色と光は嫌いなの。戦場を思い出しちゃう。戦火を、人の叫びを……」

「僕は、この光に暖かさを感じるんだ。仲間のいるような暖かさ。僕に一番足りないものがあの光にはあるんだ」

「暖かい……この光は、あそことは違うのね」

そして、2人はいつまでもそこにいるのだった。

明日へ――

ガシャーン。ガラスの破片は飛び散った。

「何てことをするの‼」

「うるさい！　お前は、子として認めん！　とっとと消え失せろ！」

そう言われて、家を追い出されたのは、私が高1になる前の3月下旬の頃だった。


「いらっしゃいませ」

そこにはコンビニで精を出して働く1人の女性がいた。

「奥山さん、そろそろ交代よ」

「はい、ありがとうございます」

すっと控室に入ると、なんだか今日はいつも以上に体が重い。

「（どうしちゃったんだろう。このごろバイトばかりだったからなあ）」

ピロリロリー。スマホの音に彼女は直ぐに反応した。しかし、母という表示を見て目を床に落とした。

ピッ。

「もしもし明子？　お父さんが、お父さんが……」

「えっ⁉」

緊張した状況であることは、はっきりと分かった。

「いいから、来るだけ帰って来なさい」

ピッ。プッープー。切れた携帯は、しばらく握られて生暖かくなっていた。

家を追い出されて2年の月日が経っていた。母が隠れて送って来るわずかな仕送りと、禁止されているバイトでなんとか生活を持たせている。

スタッフルームで着替えを済ませると、ため息をつきながらパタンとドアを閉めた。外は、今にも咲きそうにしている桜のつぼみが凍えるほどの寒さだった。

ふーっと両手に息を吹きかけると、そろそろかと外灯が灯りだした街へと歩き出した。

電車を一本乗りついで、約1時間掛けて実家へと向かった。

「あっ……」

駅を出ると、何もない暗闇の中に、1つの光が寂しげに近づいてきた。

頭の中で父が動き出した。


シュー、カシャン。

「しっかり締めたか？　いくぞ」

「うん！」

何処へ行くにもこの車で行った。通学も、旅行も……

いつも笑っていた。無邪気な子供のように。活き活きしていた。つらいことも忘れられた。


プップー。キキッ。

「はっ」

とっさに明子は、向かって来る車をよけた。

「バカヤロー！　車道にぼっ立ってる奴があるかよ！」

バタン。ブロロー。

走り去って行くその車は、あの車とは別物だった。


復路は初めてだった。あの日初めてこの町を出た。外灯はチカチカとして今にも消えてしまいそうだ。1歩進む度に重くなる。寂れたガレージは斜めになり、多くの廃ビルが立ち並んでいた。

ポツ、ポツポツ。雨が降ってきた。

ポタ、ポタポタ。何かが落ちてきた。


真っ暗な田んぼの広がる道に、50メートル間隔の背伸びしすぎて折れ曲がった街灯。あと、何百、何十メートルのところに家が一つある。

コンコン。キー。ノックすると、ゆっくりと扉が開き、２年前とは比べものにならないようなやつれた母が出てきた。

「お父さんがいないの……」

「えっ？」

思わず聞き返した。父は、母と結婚してから一度も帰らないことは無かったと言っていた。

「もう1週間も帰っていないの。私ももう耐えられなくて……」

「それで私に何しろっていうの？」

「お父さんを探して……」

「でもどうやってやるの。あてはないの？」

困り果てた母が何かをふいに思い出したように、慌てて奥の部屋へと駆けていった。

「（そういえば、ずっと玄関にいたんだっけ）」

白と青が入り混じったスニーカーを左に寄せ、ミシリと音を立てそうな廊下に足を踏み出した。

居間は荒れ果てていた。箪笥の引き出しは幾つも出され、そこから服や紙などが床へと垂れ下がっている。机には、長く伸ばした黒電話。ずっと探してずっと待っていたんだろう。どうしてあの人はこんなことをしているのだろう？　母がどれだけ彼を愛していたかは、彼が一番知っているはずなのに。

「あった！」

母は1枚の紙きれを私に見せた。それは新聞の切り抜きだった。それは東京スカイツリーだった。まさかそこで……

バッと思い出した明子は、無心で家を飛び出した。どこまで来ただろう。気づくとそこは、スカイツリーだった。

「(私、何でここに来れたの？　来たことあるのかな？)」

その時彼女の目は、スカイツリーの周りを歩く人ごみの中に、ボロボロになったズボンを引きづりながら歩く父を見つけた。

「父さん！」

駆け寄ると、力のない言葉が帰ってきた。

「これを、母さんに」

握りしめられた手には、1枚の紙があった。

「父さんは、どうするのよ！」

「俺はもう駄目だ。病院に行って絶望したよ。ガンだとよ。もう末期だ。入院したら金が掛かる。でも、苦しむ姿を家で見せたくもない。しかたなく、切り抜きを残してお前を待った」

「鉄塔だよ」

「私を？」

「そうだ。ここがどこだか分かるか？　鉄塔だよ」

そうだ、そうだったんだ。スカイツリーに来たことがあるから来られたんじゃない。あの思い出の鉄塔と重なったから来られたんだ。

帰り道にあった鉄塔で、いつも父と話していた。もう忘れたと思っていた。そして、私が出て行く2カ月前に亡くなった。

涙があふれた。あまりにも父が可哀そうで、自分が何も出来ないことに胸を引きちぎられる思いだった。

父は、ここで静かに死にたいと強く望んだので仕方なく帰ってきた。

父の紙を母に渡した。手紙らしかった。父は、なぜ私を追い出したのかやっと分かった。

母が手紙を涙で濡らしている。

あの鉄塔から見えた景色が、父が私にくれた最後のメッセージだった。

どんなに苦しくても、どんなに大変でも明日へ……

それが、優しくて不器用な父に私が送る感謝の言葉だ。

完

ゲーム――

「今から始まるこのイベント。命と命を懸けてもらいます。1日かけてこのバーチャルフィールドで決められた人と殺し合いをしていただきます。また、1日以内でどちらかが殺されなかった場合……」

ごくっ……

「両者とも処刑されます」

結局ここも変わってないのか。

「群衆どもよ、金が欲しいか？」

「おー」

「力が欲しいか？」

「おー」

「ならば行くがよい。己の欲望のために」

深く閉ざされたドアが開き、薄汚れて衰退した中華街が姿を現した。

ブン。取り付けられた腕時計に23：59の数字。始まった、無意味な殺し合いが。

まずは、安全場所を見つける。とは言っても1人にしか狙われないのだが……

「よっしゃ俺の勝ちだ」

「やったぜ」

勝利の声は絶望へと変わる。そして、その2人が戦い合う。結局生き残るのはただ1人。このゲームの戦い方として一番正しいのは、無駄に動かず、自分を含め2人になるまでじっくりと待つことだ。そして、2人になった時、全てを俺が覆す。


22時間15分後、2人になった。

「君が最後の1人か」

「ああ、そうさ。ゲームをしよう。同時に撃ち合って、2人とも死んだらどうなるか興味はないか?」

「ふっ、わかるぞ。途中で撃つんだろう。そんなのに乗るか」

パン、パン。2つの銃口からお互いの頭に弾がねじ込むその瞬間で止まり、落ちた。

「NO.14851。よくクリア方法が分かったな」

「あたりまえだ。1人で生き残ったとしても俺は、ただの大量殺害人となるだけ。ならば同時クリアし、もう1人の奴が殺人鬼ということにし、自分は被害者と公表すれば、俺はもう一度地上に戻れる。人間となれるんだろ」

「君の勝ちだ。NO.00025。君の地下住年は、20万年だ。しっかり働け」

「そんな、うわー‼」

そう言って男は暗闇に落ちた。そして、俺を光が包んだ。

目を開くとそこは居間だった。

ゲーム。それに心を奪われた時、人は間違える。線引きという名の限界が途切れた時、我々は暗闇に落ちていくだろう。

完

雨――

僕は、雨が好きだ。でも、嫌いだ。

初めは、ただ、スリルを味わいたかっただけだった。でも、そのスリルをもっと味わいたくなった。

「こらー、待てー！」

「どこに行ったあの泥棒」

ばれるかばれないかの波乱万丈。それが僕の快感だった。そして、そんな日は、いつも雨が降っていた……

「国夫、どこに行っていた。しっかりと帰ってからは勉強を6時間以上、と決まっているだろう」

「まあまあ、お父様、大丈夫ですよ。今回も1位は確実だと家庭教師の方も言っていましたし」

「だが、守らなければならないことは守れ。私たちの言うことを聞いていれば必ずお前は成功を手に入れる」

いつぐらいからだろう。このいつものセリフに返事をしなくなったのは……


「おはよう！」

「おっはー！」

「国夫君、おはよー！」

いつぐらいからだろう。クラスで一人だけ浮いていると気づいたのは……

「ちょっとアキ。あいつに話しかけてもいいことないよ」

「ええっ、でも」

アキだけは、いつも変わらなかった。でも、周囲は、僕からどんどん離れていった。笑い合える仲の良い友も、いろいろと面倒を見てもらう先輩も、面倒を見てあげる後輩も、いつのまにか消えていた。


僕は、生まれた時から、両親に作られた人形でしかなかった。ただ、間違ったことをさせられている訳ではない。英才教育や、楽器演奏、どれも他では出来ないすごいものばかりだ。

だが、そこにはいつも自分の思いが抜けていた。やらされているということに気づいたのはここ最近だった。そして、そのストレスから抜け出すために、僕は犯罪を犯した。

何個も、何回もした。でも、あまりに鮮やかすぎて1回もばれることはなかった。また僕はストレスに駆られた。そんなある雨の日に僕はひらめいた。

あえて、ばれやすくすることで、よりスリルを味わえると。

大成功だった。見つかっても、筋道をたてることで1回も捕まることはなかった。


「いたぞー！　追えー！」

「くそー。何でまた雨なんだ」

はあ、はあ、はあ。小さな箱を抱えて彼はまた逃げていた。

「（ここで、左に曲がればチェックメイトだ！）」

しかし。左に曲がった瞬間、彼は1人の少女とぶつかった。

傘が雨を切り裂く。

「きゃっ」

尻もちをつく少女は水たまりに落ちた。

彼は、かまわず立ち上がり、先を急いだ。

「国夫君？」

少女は小さくつぶやいたのを彼は聞き取ることが出来なかった。

「本当にどうしたんだ国夫。このごろ服がずぶ濡れの時が多いぞ。やはり、車通学にするか？」

「ほっといてくれ」

ひどい剣幕で怒鳴りつけると彼は、部屋へと向かった。

本だけが並べられた部屋の小さな隙間に手をかけて、彼は思いきり引いた。すると、本棚が裏返り物置になった。そこに、そっと小さな箱を置いた。

バフッ。ベッドに倒れ込むなり彼は考えていた。

「（さっきの奴、誰だったんだろう）」

考えても答えは出なかった。

次の日も雨だった。彼は、いつものように計画を実行した。監視カメラにわざと犯行中のところを映し、それから逃走。いつも通りにいくと思った。

外へ出ると目の前には、アキが立っていた。

「どうしてこんなことを」

何も言わずに逃げようとする国夫をアキは止めた。

「待って、国夫君って、そんな人じゃないはずよ」

「その固定概念が、俺を苦しめているんだ！」

雨の中に精一杯の声で叫ぶと、濡れた髪が大きく揺れた。そして、彼は彼女にすがりつくなり、

「俺は、誰で何なんだ。教えてくれよ、アキ」

膝から崩れ落ちる彼を見て、アキは何も言ってあげられなかった。

人は、自分を制御し続ければ、自分の思いと、周囲のバランスと心のバランスが入り乱れ、そして壊れていく。まさにその場面だった。

「やっと見つけたぞ。こいつが連続犯罪人の正体か」

「とっ捕まえろ」

グサッ。一人の男にナイフが突き刺さった。

「(これで、俺の全てが終わる)」

ズプッ。引き抜かれた傷口から生々しい血が雨に濡れた地面に落ちていく。

「このやろー！」

殴りかかって来る男に彼はもう一度構えた。

「(心臓を狙う)」

グサッ。突き刺さったナイフは、一瞬の空気の震えと少女の血がしたたり落ちるのを表現させた。

「ア、キ……」

「げほっ、もう、過ちを繰り返さないで」

ドザッ……

「アキー！」

暗闇と雨に反射して声は、四方八方に飛び散った。

「ハイ、カット。いただきました。心のナイフの撮影、以上となります。皆さんおつかれ様でした」

僕は、雨が大嫌いだ。せっかく作り上げたものが流されてしまうから。

僕は、雨が大好きだ。洗い流された先に新しい自分を見つけられるから。

僕らは、本人にはなれない。

でも、僕らは感じて考えることが出来る。

雨が降り続いている……

完

花——

僕は、何のために生きるのか？　何のために歩むのか？　何のために……

その答えを教えてほしい。


ピーポーピーポー。真夏の自殺未遂は、彼の目にしっかりと焼き付いた。

「大丈夫かい」

冷静で心を映さないその目が、飛び降りた少女に向けられていた。

「車に一緒に乗ってあげてください」

同行できる人がいないらしく、なぜか僕が乗せられ、2階建てのボロアパートを後にした。

「知人の方ですか？」

「いえ、通りがかりで彼女が落ちて来たので」

すごく冷静に喋る彼を見て、救急車の乗員は不思議そうな顔をした。

「意識不明ですが、幸い息はあります。安静にしておけば、1カ月で退院だと思いますよ。

でも、あなた親御さんじゃないですよね」

「ええ、まあ」

「そうですか。彼女の親御さんに連絡をつけますから大丈夫です。ただ、万が一のことがありますから、受付で連絡先だけ控えさせて下さい」

(親切な人だ。当たり前か。人からお金を取るんだからな……)

青年は、簡単に連絡先を記すと、風のように消えた。


「暗下《くらげ》大和《やまと》さん。あなたが、彼女を突き落としたんじゃないですか?」

「いいえ、そんなことはしていません」

冷静すぎる受け答えに、警官は厳しく追い討ちをかける。

「こっちには、アパート近くでお前を見たっていう目撃情報があるんだ!」

「ですから、それはたまたま歩いていただけで……」

バンッ。机を叩きつける警官にも彼は一歩も引かなかった。

「やっていません」

警官の強張った顔がさらにきつくなっていった時、ドアを開けて1人の若い警官が入って来た。

「警部。元無《もとなし》光《ひかり》から、事情聴取が取れました」

「どうだった?」

「はい、これはあくまでも、自分1人でやったことで、そこの青年には罪は無いとのことでした。

「なに⁉」

豹変する警官の顔を見て山和はかすかに笑ってしまった。

「ちっ、救われたな」

キィー、バタン。


「バラを1本ください」

「216円になります」

病院前の花屋に彼はいた。

1分ほどで病院に着くと、少し冷たく感じる廊下や診察待ちの場所を抜け、3階へと足を進める。

ガラガラ。少女は、外で青々としている木の葉を見ながら物思いにふけっているようだった。こちらに気づくとすっと笑顔になった。

(無理する必要ないのに)

「目覚めたんだね」

「ええ、助けてくれた方ですよね。どうもありがとうございました」

夕方の差し込む陽で茶色く見えた長髪を両肩に垂らしながら、彼女はぺこっとかわいらしく頭を下げた。

「いえ、別に当たり前のことをしただけです。バラの花をどうぞ」

押し付けがましく花を渡すと、ありがとうとは言ったものの、なぜバラなのか理解していない彼女がいた。

「じゃあ、これで」

「あ、待って下さい。もうちょっとゆっくりされてもいいじゃないですか？」

（でも、話すことねーよ）

「いや、でも……」

「大丈夫です。私も暇ですから」

窓側に椅子を置き、彼女の隣に座った。病室のクーラーが直接当たったので少しだけよける。

「お名前を聞いていませんでした。私は、元無光です。あなたは？」

「暗下山和といいます」

「あっ、警察の人から聞いたんですけど、犯人と疑われていたみたいで、本当にわたしのせいですみません」

また頭を下げる光に山和は言う。

「いえいえ。ただ、嫌でなければ飛び降りた理由を教えてくれませんか？」

（俺、何聞いてんだ）

私の心が揺れた。光は、目先を落としながらも淡々と喋り出した。

「私は、親に見捨てられました。ほんの3年前のことです。私が、小学校6年の時でした。家に帰ると大金と保険証だけを残して家具などを全部持っていかれました……」

……「お母さん、お父さん…どこ?……」

どこを探しても親は見つからなかった。その日の夜、私は泣いた。何もせずに、何も考えずに。

中学校へは行けませんでした。ただお金を無くすだけの日々。大金とはいってもみるみるうちに無くなっていきました。

ただ、グレたりはしなかった。それは駄目だとよく教えられたから。

結局、なんで捨てられたかを知ることも、教えられることもなかった。

何もかも受け入れられなくなり、身を投げる決心をした。はずだった……

「あっ」

とっさに死への怖さを感じて自分をかばった。2階からだったので大丈夫だったっていう感じ。


「なるほど」

彼の目が変わった。

「施設に行こうとは思わなかったのかい？」

「信じたかったんです。いつか迎えに来てくれることを」

白い両手で顔をおおい、彼女はすすり泣いた。

「俺は、施設でもいいと思うけど。実際に俺がそうだから」

「えっ」

雨でにじんだ顔に一つの驚きが生じた。

「俺はもっと小さい頃に捨てられた。そこで俺は知ったんだ。人間の本性を」


「山和君、そんなことしちゃ駄目でしょ」

昔の俺は、何も出来ない落ち零れだった。そんなある日、俺は知った。人間の本性を。

「全く、本当に手の掛かる子達ね」

「ほんとよ、もう辞めちゃおうかしら」

「まあまあ、お金も出しますから」

分かった。結局人間は、欲で生きているんだ。その時、飾ってあるバラに手を伸ばすと、トゲで血が出た。求めていたものが見つかったような爽快感だった。

俺はバラになろう。そう思った。トゲを突き出して決して心を開かずクールに生きるバラに。

必死に勉強したし、必死で運動もした。

「何で、こんなに頑張るの？」

本当のことは言わなかった。本当は、俺を捨てた奴らを見返すためだ。絶対有名になって見返してやる。その思いだけが心の中に渦を巻いていた。


「だから、バラなんですね。良かった。急に告白されたかと思った」

ふふっ、とかすかに笑う光を山和は理解できなかった。

「なんで笑っていられるんだい？　ひどいことされたのに」

「今、もう一度生きてみて分かったんです。私、雑草でもいいかなって」

「雑、草？」

「名前を付けられなくても、嫌がられても、輝けなくても、いつもどこかで力強く生きている。今、生きていることがとても嬉しいから、そう思えるんです」

彼の頭はパニックになっていた。

「（どうしてだ。普通なら復讐でもなんでもしたいと思うんじゃないのか？　俺がおかしいのか）」

頭を抱えている彼に、光はそっと言った。

「絶対有名になって下さいね」

「はい」

ゆっくり頭を上げた彼の目には大粒の涙が浮かんでいた。

『暗下山和、レインボーチェリーの開発に成功！』
そんな記事が載ったのは、いつのことだろうか……
1本のバラが、彼女の腕の中で抱かれながら枯れていった。
新しい花を咲かせるために……

完

私の音――

３月も末になり、新しい年を迎えようとする中で、私は１人で広い山波草原を訪れていた。中学校生活も終わり、そこを出ていく私の楽しむ場所はいつもここだった。

ただ、長年ここで遊んでいる私にも近づけない場所があった。

草原の隅にある、草が生い茂ってぼろぼろになった小さな小学校跡。幽霊が出るという噂があるために、行きたくても行けなかった。

でも行ってみたい。最後の思い出作りと思い、私は、そこへ向かって一歩一歩進んで行った。

春の向かい風が髪をなびかせるのに逆らって一歩一歩……

「やっぱり、ぼろぼろ」

１人でつぶやいた。大木で覆われたその世界に太陽の光が少し当たって、地面を乾かしていた。

斜めにずれたドアに手をかざすと暖かさがほんのりと感じられた。

とっさに手を離すと、風がそっとつぶやいた。

ザザー。ザザー。海のさざ波を思わせる木の葉と風の合唱は、静かさよりも不安を表現していた。

「入ればいいの？」

風に問いかけると、スッと一瞬で風が止んだ。


ギイー。軋んだ木の音は草木のはびこった廊下に響いた。

ギイ、ギイ。歩くだけで傷んだ板が軋む。

ピロリロリー。リコーダーの音がした。確かだった。

まさか。心臓の高まりは、進んでいく中で大きくなった。

「この部屋からだ」

ガラッ。

目を疑った。白い制服を着た青年がひとりでリコーダーを吹いていた。

私に気づいたのか座っている席からすっと立ち上がった。

小顔で１８０センチを超えた体形。爽やかな笑顔が向けられた。

「瞬？」

「ああ、待ってたよ優子」

目から熱いものがこぼれるのを私は止めることが出来なかった。

スッと抱き寄せられると男らしい体がゆっくりと染みていった。

瞬は、この世にはいない。知っていた。分かっていた。でも、信じたくなかった。

初恋だった。でも、叶わないと知っていた。それは、あの日に知った。


「優子。京子ちゃんにこれ渡してくれ」

小学校時代、積極的にいくような奴じゃなかったのに。切なさに気づいた。幼なじみとしか思っていなかった関係は、その日に変わった。

渡されたチョコを強く握り締めすぎたとわかった私は、すぐに形を整えた。


「ちゃんと渡してくれた？」

気軽に聞いてくる瞬に私は素直に言えなかった。

「渡したけど、貰ってもって顔してたよ」

そんなことなかった。京子は、しっかりと笑顔でうれしそうに貰っていた。

「えー、まじかー。嫌われたかな」

胸が苦しくなった。自分が嫌いになりそうだった。

「京子ちゃんの事、もっと知りたいからさ。頼むよ」

「えー、自分で行けばいいじゃん」

応援する気持ちと悔しい気持ちに圧迫されて、私はどうにかなりそうだった。

私はいつしか彼の前で、京子のことを話してあげる時、架空の人物像を作っていた。勉強出来て、吹奏楽部で、でもスポーツも出来る。全部うそなのに瞬は私のことを信じていた。

そして事件は起こった。

「京子ちゃんさ、吹奏楽部なんだよな。リコーダーをプレゼントしたら喜ぶかな」

「まあ、いいんじゃない」

「でも、どこで渡そうかな。ここらへんじゃまずいし」

「じゃあ、山波高原の廃校にしたら」

「何でだよ、怖いだろう」

「ばかね。女は男らしい男が好きなの。夜でも男らしく待っていたら惚れちゃうわよ」

冗談をうのみにしたのか、瞬は決心した。

「よし、やるぞ」

その夜、当たり前だが、そこに京子ちゃんは来ない。

午後十時になり、さすがにネタばらしをしようと思った私は、ここを訪れた。

「おーい、瞬。いる?」

返事がない。あたりを探してもいなかったので帰ったのだと思い、ここを後にした。

次の日、瞬は教室にいなかった。

まさか。私は、早退してここへと向かった。

瞬、無事でいて。


「どこにいるのー。出て来てよ。早くー！」

どこを探しても瞬はいなかった。

喪失感。それが私を覆いつくした。


私はここへ思い出作りで来たんじゃない。

忘れていたことを一瞬で思い出した。


「寂しかった。優子」

お互いに座って語りだした。

「ごめんね。私のせいで」

ぬぐいきれない涙で、言葉に詰まりながら言うと、

「分かってたんだけどさ」

と、瞬が言う。

「なんか帰れなくなっちゃったんだよね。冗談だってことも、京子ちゃんがどんな子って

こと も」

「うそつき」

全部分かってたんだ。私、ばっかみたい。

「もう、ここには戻ってこないつもりなんでしょ」

「何で知ってるの?」

「風が教えてくれた。風のうわさ」

結局、私は……

「会って欲しい人がいるんだ。その人に、これを渡して」

リコーダーを渡されて私は受け取った。確かに感触があったので本物だとわかった。

「じゃあ、俺行かなきゃ」

「待って!」

服の袖をつかんで抵抗した。

「行かないで」

「でも、行かなきゃ」

すっと振りほどかれる手は、冷たくなっていった。

「また、会おう」

光の粒が少しづつ瞬の姿を薄くしていく。そして……消えた…。

外へ出ると、再びものすごい風が吹いた。さっきと反対の追い風は北東を向いて吹いていた。

「こっちなの？」

そう聞くと風が止んだ。

走った。息が切れるほど。時が止まってしまうほど。

そこは、市立病院だった。1つの窓に普通なら当たらない石ころが、こつんと当たった。

「行かなきゃ」

人混みを押しのけ、ただ、その部屋へとリコーダーを握り進んだ。

ガラ、ガラ。そこには、髪が無く1人で外を眺めている青年がいた。

「優子ちゃん」

優子の後ろから声がするのに振り向くと、そこには瞬のお母さんがいた。

「とうとう知られちゃったのね」

そう言うと、バッグを端に置き、瞬に声を掛けた。

「瞬、優子ちゃんが来たわよ」

顔は向けたが無表情だ。

「瞬ね、言ってなかったけどひどいガンで1年前から入院していたの。でも、優子ちゃんには言わないでくれって言われたから。心配させたくなかったんだと思うわ。すごく成功率の低い手術と言われていたから……うっ」

泣き出した瞬のお母さんを見て、ことの大きさを理解した。そうだったんだ。だから、瞬は「怖かった」って言ったんだ。

とっさに私は、リコーダーを彼の手に渡していた。

何を思ったのだろう。何を感じたのだろう。

彼は、笑った。


もう一度、あの場所へ行っても何も起こらなかった。風の音も、ドアの音も何も。

私は、不思議な気持ちと共にこの町を去った。あの音と共に。

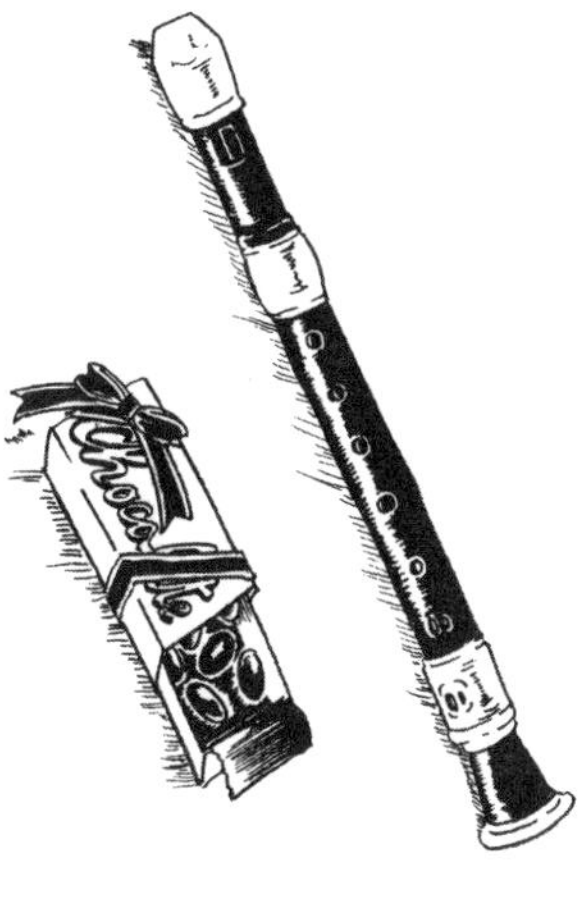

無題 ――

ニャー、ニャー。町中の路地裏ほど絶好の捨て場所はないだろう。子猫の時は可愛かったけれど……これが日本の現実か……。

結局、中途半端なんだ。俺も含めて。

俺は、そっと箱を置いて路地裏を出た。何だかボーっとして、その後を過ごしたと記憶している。


目を開くと、そこは部屋とは呼べない世界だった。初めはほんのささいなきっかけだった。金髪でやつれて口や鼻にピアス、服にはジャラジャラとアクセサリーをつけた男がやって来て、この袋を出した。魔法だった。ただ、失った。そして恐れた。失うことを……。


ピンポーン。郵便か。もういいのに。急に痒みを感じて全身を掻きむしった。

ヤバイ。速く、でも、くり返したら……。

バーン、ガシャン。コップを思いっきり投げ、壁に思い切りぶつかる。ガラスで足を切ったが何とか玄関へ。

ガシャ。

「お届けものです」

はんこを押して、とっととうせろと言った。

ダンボールの中に袋ではなく、１匹の猫。あの日の猫。あれ？　どうして？

１枚の手紙。私が悪かった。

涙が止まらなかった。そして、全てを思い出した。あの日、俺は彼女の記憶を消した。

思い出を全て。

現実とは知らぬ間にやってくる。その時に、ドンドン。

「居るか？　使った分払えよ、このカス野郎！」

声をひそめて待つ。

「しょうがねえ。開けろ！」

「は、はい」

ガチャ。チェーンソー。

「てめえも今日で終わりだ。死ね」

ブルーン、ブンブン。

でも、俺はまだ死なない。俺は部屋の窓から飛び降りた。片足くらいくれてやる。

俺は大通りに出た。警官がいたので事を話す。

俺は生き延びた。

そして、俺は自首をした。いつかあいつに会える日まで、しっかり過ちを償おう。
猫が部屋で子供を産んだ

未完成集

スピリット(思い)――

「空には龍がいて、人間を上から見下ろしているんだ。そして、泣くんだ。愚かな人間を見て。それが雨になり、龍は移動してまた泣くんだ」

「お父さんはその龍を見たことがあるの」

「いいや、言い伝えさ。それにその龍は俺らの先祖が変身したものらしい」

「そんなのうそだよ」

「そうかもな。だから父さんは確かめに行くんだ。このスピリットに乗って…」


そう言って父は、飛び立って行きました。スピリット(飛行機の名)に乗って。それは、僕が小2の時の出来事でした。

そして、1カ月後。近くの山の山中で飛行機が見つかりました。しかし、父の遺体は発見されず、あの日以来、父の姿を見ることはありませんでした。あの飛行機の音は今も、忘れることはありません。

第一話

8年後…

「時夫、いくぞー！」

外から美崎の声がして、時夫は急いで外に出た。父がいなくなった後、後を追うように中1の時に母も亡くなった。今は、幼馴染みの美崎がちょくちょく手伝いに来てくれている。

「遅い。毎朝毎朝。これじゃチャイム鳴っちゃうよ」

「わるい、わるい」

「じゃあ私、京子と一緒に行くから」

「ああ、サンキュ」

「おっ、時夫、ジャストじゃん」

「おう、日野。行くか」

時夫も俺の幼馴染みだ。いつも一緒に登校している。もう中3でそろそろ学校を決めることになった。俺と時夫は、父の夢でもあった飛行機であの雲を越えてみせる。ただ自衛隊に入るつもりはない。それは父もそうだったからだ。安定した給料で稼ぎ25歳で挑戦するつもりだ。倉庫は父が昔大きいものを川原に置いたので、そこで組みたてる。

とは言っても、アルバイトしてるだけじゃ金は貯まらない。じいちゃんの家が財閥で良かったと思うのは、こういう時くらいだ。

ただ、まずは勉強をなんとかしないと。

「えー、今日は抜き打ちテストを行う」

「うそだろー」

ダイスのO《オー》（2016年〜執筆）——

世の中には、賭け事があふれている。パチンコ、麻雀、競馬。
この世界は、運が強ければ勝ち、負ければ地獄が待つ、賭け事に支配された世。
強者は欲にまみれ、敗者は地に這いつくばる。そして、嵐がやって来た…。

1　ダイスの王

日照りの砂漠地域。サボテンが無数にあるこの地にオアシスがある。超大型ショッピングモールぐらいの巨大な建物。それこそ、世界中から一攫千金を狙って男達があふれる。まさに、金のオアシス、ゴールド・オーシャン。

そこに、若きルーキー賭け師がいた。名はスドウ。獲得賞金5000ドン。週間ダイスランキングでトップ100にも選ばれる強者ルーキーだ。セットされた黒髪につり上がった眉。きつね目と高い鼻は、田舎ヤンキー顔だ。膝に穴の開いたジーパンと、真っ白なノースリーブ。これが彼のいつものスタイルだ。

ガシャン。スロット場に並んでいる椅子を、彼は思いっきり蹴り倒した。

「ああー、むかつく」

周りの勝てないはげのおやじや、二流のずるい奴らがざわつく。彼は、トップ100に入って以降、成績が低迷し、得意のトランプで5連敗していた。

フォンフォンと耳障りなスロット場を抜けて、周りを防音構造で包まれたインターンベルトを出ると、真昼の暑苦しい砂漠だ。

本当に、ここは楽園なのだろうか？　自動ドアが開くと、熱風が彼を煽る。

ふと見ると、1人の小さな少年がラクダに乗ってやって来ていた。

ぶ厚い服の隙間から見えた目が、そっとスドウの目を窺う。

スサッ。砂漠に降り立つと、その小ささがとてもよく分かった。背は140センチほどしかない。

「なんだ、ここはお前みたいなガキのくる場所じゃないんだよ」

「金を稼がなきゃならないんだ。ガキだからは関係ないはずだ」

優しい顔つきからは全く想像しなかった言葉だった。

（いい目だ。なんの曇りもない純粋な目をしてやがる）

「こい！」

スドウは、手招きし、インターンベルトから、三流のルーキーが集うスロット場に連れて来た。

「どうやってやるんだ？」

「その前に、その服を変えるか」

スドウがそう言うと、オネエ系の小太りな男が、紫のストール、全身真っ赤なコスチュームで現れた。

「はあい、スドちゃん。お久ね」

「おおっ、俺の時みたいにパパッと頼む」

「分かってるわよ。小さい子には、これよ」

オネエが指を鳴らすと一瞬で服が入れ変わった。白シャツにサスペンダー付きの藍色ズボン。靴はスニーカー

ダブルハーツ（2014年執筆）――

もしも、人間一人に二人の力が宿っていたらどうなるのだろうか……

1　めざめ

それは、誰しもが感じられるものではなかった。痛みというよりは圧迫、拒絶といった方がいいかもしれない。

そして、ぼくはフタリにナッたんだ。

それは、物心ついたばかりの頃だった。あの感覚は今でも体に焼き付いている。右腕の傷と脳の痛みとしてずっと…

主人公6歳　小学校前…

「今日は入学式だ。急ごうっと」

「そんなに慌てるんじゃないの、車にひかれるわよ」

「へーき、へーき」

そう言って男の子は道路を渡ろうとした。ププー。車が猛スピードでやってきた。グシャ
周りの人達は息をのんだ。男の子は脳と右腕をやられていたのだ。

「山都、山都ー!!」

病院　手術中のランプ…

「助かって。お願いよ」

母親は震えが止まらなかった。


「ここで、いいです。はい、ありがとうございました」

バタン。そこへ、父親も駆けつけた。

「大丈夫なのか」

「分からない。でも、助かるならっていうことで、移植をしてもらうことになったの。でも」

「でもどうしたんだ!」

「助かる確率は3…」

その時だった。ダンボンバコン、手術室が一瞬で壊れた。

そして、中から少年が現れた。

「や、山都!」

「おれは山都ではないビブリスだ。うっああー」

そう言うと少年は急に苦しみだした。そして周りの物を次々と壊した。

「そんな、嘘よ、嘘と言って…山都」

「逃げるぞ、早く」

「山都、山都!!」

そして2人は逃げた。そして、まもなく病院は壊滅。ビブリスと名乗る少年は消えた。


時は流れた。少年は13歳で家の近くの中学に入ることになる。

そして、事態は急展開へと変わっていく。


彼は1-B組に入った。しかし、転校生ということであまり人となじめなかった。

そんな時、一人の男子が声をかけてきた。

大空風人。彼だけが少年に声をかけてきた。

「お前、どこからきたの」

「…」

「答えられないの」

「うん」

少年は頷いた。

「そうか、まあいいや、今日はカラオケ2人で行かないか」

「カラオケ?」

「まさかカラオケ知らないのかよ」

「まあいい、ついてくればわかるよ。お前の頭の良さなら」

少年は頭が良かった。それもこれも脳の移植のせいである。

また少年は、今現在は、石山山都と名乗っている。

もう一つの世界（小説家の話）——

紙の上は、もう1つの世界のように僕の目には光って見えた。頭の中に溜めこむだけだったものを吐き出す場所がやっと出来た。しかし、道のりは険しかった。

1　初作

彼は夢に突然現れた。彼はさらけ出せない僕に、冒険という夢を与えてくれた。

真が目覚めると、カーテンの隙間から差し込んだ光が真の顔にかかっていた。

時空の花（2015年〜執筆）――

我、月陰真三郎と言う者なり。この一件は、我が体験させ参じたことを書き綴るものなり。よって分からぬ言葉多数あるが、心して読まれよ。

第一章

1　桜剣

話は桜吹く5月頃のこと。私が歩いていると1人の男が桜の木の下で横たわっていた。

「そなた、大事ないか。生きておるか」

私が声を掛けてその男を起こした。今思えばそれが運命の分かれ道だったと思っている。

「おお、済まぬ。かたじけない。寝すぎてしまったようじゃ」

「こんなところで何をしている?」

「野宿じゃ」

「なぜまた、そげんことを」

「わしには行くところがある」

「それはどこじゃ」

「未来」

「何を、そげん夢みたいなことを」

「そうじゃ。夢じゃ。だがの、噂を聞いとるだろ。ここで寝ていたら未来に行ってしまい、そこで1年過ごして返って来た男のことを」

「あんなの嘘に決まっとる」

「だが奴は現に、未来の物を持って来た。マンガとかいうのを」

「それは」

「だから信じるんじゃ。声を掛けてくれてありがとうな」

そう言うと男はまた寝てしまった。私はどうすればいいか考えた後、この男に付いて行くことを決めた。そして、その日のうちに荷物をまとめ、男の元へやって来た。

「わしも一緒にいいか?」

「何じゃ、行く気になったか」

「まあそんな感じやのう。そういえば、あんさんは何のために行くのじゃ?」

わしがそう聞くと、彼は自分の持っている刀を取り出した。鞘から刀が抜かれた時の感動は、今でも忘れない。その刀には色彩やかな桜の花びらが細かく描かれていた。

「これがわしを選んで、そして、連れて未来へ行けと叫んどる」

「その剣って」

「桜剣。まあ、そのままじゃが、あの有名な西再方の作品じゃ。選ばれた者が使う時しか桜の花びらが散らないじゃと。まっこと面白きことよ。愉快、愉快」

そう言っているうちに男は寝てしまった。

2　未来

その日は、本当に夢のようじゃった。わしはものすごい光が木を包み込んでいるのに気付いたんじゃ。

「おい、起きるんじゃ」

「おっ、なんじゃ、なんじゃ」

「木が輝いておる」

「おい、あんた。木につかまれ」

「おお、分かった」

わしらは、しっかりと木にしがみついた。

黄金色の光は、一瞬でわしらを包んだ。

「うわー」

いつまで気を失っていたのじゃろう。わしは男に声を掛けられ、やっと目覚めた。

「なんじゃ、ここはー！」

田畑だった所には、何やらどでかい物が建っているし、石ころの転がっていたあぜ道は、よくわからんねずみ色の物がカッチカチに固められとった。そこには、よくわからん物が人を乗せて走っているし、服は着物じゃなくきっちりとしていた。

「ここが未来か」

「さあ、人探しじゃ。おっと、そう言えば名前を聞いとらんかったな。わしは、板山虎次郎。そなたは？」

「わしは、月陰真三郎という」

「そうか、これからもよろしゅうな」

「ああ」

わしらはそう言って、しっかりと手をつなぎあった。

「それで人探しとは？」

「ああ、それはな…わしは、1人の男を追ってるんじゃ。名を鴨六助という。奴は、二月ほど前に、西再方先生の家から妖刀妖艶牙を盗み出した。その名の通り、気味が悪いほど鮮やかだ。わしも見て吐気がした。その剣は、選ばれた者が持つと紫色の桜が刀先に描かれるという。もう1つの桜剣と言われている。そして、奴がこの木を使って未来に行ったという事を聞いたのだ」

「そうか。で、あてはあるのか？」

「ああ、昔、未来を旅したって者に聞いといてある。まずは、この時代がいつかを知ることじゃな」

そう言って板山は、半紙を取り出してそこを指さした。

わしらは、路地を入っていった。

「ここじゃな」

板山がドアをノックすると、古ぼけて白い髭をはやしたじいさんが出てきた。わしらを見た瞬間に、じいさんは目を輝かせた。

「やっと来おった。ずっと待っていたんじゃ。長旅だっただろう。まずは入れ」

わしらはオレンジ色に煌々と輝く家に入った。

それには、何やわからぬ見たことの無いものがごたごたと積まれていた。中央には風呂敷のようなものに包まれた、大きいものが堂々と置いてあった。

「まあ、まずはそこにかけろ」

「何じゃこれは⁉」

「おっと、悪いな。それにはこうやって座るんだ」

じいさんの真似をして、わしらも座った。

「シロガネに話を聞いたんだろう？」

「そうとも、わしは彼に訳を話して、ここへ来た」

「それについては全て聞いている」

「なんですと！」

「シロガネは今でいう占い師、あんたらの時代で言う術者さ。ここにいつか、あんたらが来ることを予想していた。わしは、ゼペルと言ってなシロガネの友だ」

「わしは板山虎次郎」

「わしゃ、月陰真三郎じゃ」

簡単な説明とともに、わしらはがっしりと握手しあった。

「それじゃあ話は早い。鴨は今、どこにおるんじゃ」

「そこが一番の問題なんだ。鴨はシロガネも注意しておったのじゃ。しかし、1週間のうちに消息不明になってしまった…」

「シロガネ様でも分からなくなるのか？」

「奴の術には限界がある。またすぐに戻ってくると言っていたから、大丈夫だとは思うがな」

「ということは妖艶牙も…」

ゼペルは、ゆっくりと頷いた。

「その前に、わしらは何やここに肌が合ってないように感じるが…」

颪のタクト――

彼は、1年前の夏やって来た。1台の自転車とともに。

ここは、町はずれの小さな中学。夢の丘中学。まあ別に夢一杯でもなんでもないが…

僕は、山岡嵐。帰宅部。この学校には野球、サッカー、吹奏楽、バスケなど平凡なのしかなかったためだ。今は、中2。2―Bだ。

「起立。礼」

いつものように1日が始まる。刺激のない1日が始まるはずだった…

「今日は、みんなに嬉しい知らせがある。新入生だ。入れ」

はげの菅田先生が言った。

そして、そいつは入って来た。背は俺と同じくらい。顔は普通。見た目も普通。だが何か違うオーラを持っていた。

階段――

僕の夢には、1日1回良いことをすると1段上がり、1日1回悪いことをすると1段下がるという不思議な階段の夢がある。

今日は、悪いこと5回、いいこと2回で3段降りた。その時に下に赤いものが見えた。僕はそこに行くために、ものすごく悪さをすることにした。

そして、その日はやってきた。わくわくしながらベッドに入る。そして、階段を降りていく。1段、2段、3段、4段……赤が近づいてくる。その時僕は……

小説1（無題）――

1　契約

薄暗い森にあるガラクタのようなガレージに1人の男がユラユラと入って行く。

そこには、黒いローブで身を隠している奴が足を組んで座っていた。

「よく来ましたね。答えが出たんですね」

「まさか。あの、夢が本当か確かめに来ただけさ」

「まったく。これだから人っていうのは。まあいいでしょう」

そういうと奴は1つのコインを男の足元に転がした。

「表が出たら解除、裏が出たら契約にしたがってもらいます」

「ほー。やってみる価値ありそうだな」

ピンッ。空中でくるくると揺れるコインが彼の手の甲で止まった。

「1、2、3！」

「契約成立」

「で、内容ってのは何だい」

「あなたが今後生きていくためには、人を殺すことだ」

「何だって！」

戸惑う男に奴は更に続ける。

「選んで行ったのはあなただ。逃げても無駄です。あなたの仕事は、この世にいる裏切り者の抹殺です。この契約を結んだのにもかかわらず、それに従わない者たちがいる。それを殺すのです」

「ちょっと待て、皆が同じ契約じゃないのか？」

「ええ、そうです。生きるためには、身近な人や動物でも、契約が示した通りのことをするのです。ほらっ、あなたの契約書にもある」

そう言って、死神エージェントに任命する、と書かれた紙を見せた。

「でも、何で俺が…」

「あなたの能力を見込んでですよ。元スパイの山本龍也さん。いや、紅の男」

2　運命

その日は急にやって来た。いつも通りに床についた龍也は心地よい眠りに入った。すると夢の中で、誰かが自分を呼んでいる。返事をすると黒いローブで身を隠している奴が現れた。

「山本さん。あなたは明日、運命により交通事故で死ぬ」

「何だって！」

「あなたには、まだし足りないことがあるはずだ。だから、チャンスを与えましょう」

「チャンスって」

「私と契約して生きるということです」

「どうやればいいんだ」

「明日、町外れの森のガレージで待っていますよ。フッフッフッ…」

そう言って奴は消えた。

朝起きた時、龍也は汗をびっしょりかいていた。

山本龍也という人は実際には居ない。なぜなら彼はスパイだからだ。

ふと彼は奴に渡されたウルトラマンのカラータイマーみたいな物を手に取った。

（エージェントとしての仕事を助ける、って言ってたな…）

そう思いながらもウルトラマンと同じように胸元に置いてみた。すると、みるみるうちに防具が自分の体を包んでいった。

「何だよ、これ」

鏡を見ると、黒色のアーマーが体を包みこんでいて、真ん中でカラータイマーみたいな物が赤く輝いていた。

「正義のヒーローではないつもりなんだけどな」


彼は、小さい頃からスパイとしてしか育てられなかった。だから、彼には本名がない。だから、しっかりとした戸籍が1つもなく、いつも偽造している。

彼のやらなければならないこと。それは、両親を見つけ出すことだ。死ぬ前に1度でも会いたいと思っていたのだ。

両親が誰で、どうしているのかを彼は探し続ける。

3　初仕事

「じゃあ、いくか」
手先の特殊手袋を

小説2（無題）――

さえない僕に彼は声を掛けてくれた。

「お前」

なぜかその時、桜の木が風に大きく吹かれて、僕の肩に咲いてるはずのない桜の花びらがそっと舞い下りた。

1　僕

僕はうつむいた視線を上げることが出来なかった。突然の失速だった。中学生一といわれた僕が…信じられなかった。

勝者には歓喜の輪が広がり、敗者には絶望が包まれる。これがスポーツだと知ったのは、その時だった。

そしていつしか、僕が中学生一のランナーだと知る者はいなくなった。

悔しかった。もう陸上はやりたくないと思った。


高校は平均並な公立高校に入ることにした。

僕には友達が少なかったから、皆の来ないところにしたのだ。


「おい、君！」

半袖のウェアに短パンをはいた3年の先輩だろうと思われる人が声を掛けてきた。

「君、ちょっと俺らを助けてくれないか」

「どういうことですか？」

「ここの陸上部さ、人数ぎりなんだよね。それで1人怪我しちゃって、代わりを捜してるんだけど…」

するとその人は地面に手をつき、僕にお願いしてきた。

「頼む！」

ここまで言われて断ることは出来ず、渋々ついて行くことにした。

入学して2週間だが、部活の異様な力の入れ具合には気付いていた。他の部活も人数集めに必死だ。TAKE研究会って何だよ！　と正直思った。

そんなこんなでユニフォームに着替えた。

「いやあー、実はさ、この学校と仲の良い学校があるんだけど、そこと毎年親睦を深めるために記録会をやるんだ。それが明日なんだよね」

明日とかふざけんなよ。もう入ったも同然って感じじゃねえか。

「でも、入るかどうかは別で…」

「まあ、そのチームは…」

絶対聞いてない。この人は陸上部の部長らしかった。今確認しただけで人数は3人。まさかと思うが、リレーじゃないよな…

「まさかリレーじゃ…」

「えっ、リレーだよ」

仰天したように見せたが響かなかったらしい。本当に何考えてるんだか。

僕のもう1つの陸上人生が始まった。

2　足

「君、アンカーやって」

「はっ、はい?」

僕の表情は、困惑と怒りが入り混じっていた。

「無理です」

「えー、でも皆そのつもりで」

他の人達もおかしいでしょ。僕1年だよ。

あの日以来、1度もトラックに足を踏みいれたことが無かった。

「あっ」

気づいた時には、足は勝手にトラックへ。ここには不思議な力がある。

「何だよー、思ったよりも乗り気じゃん」

「いやー、別に…」

「そういえば自己紹介してなかったな。俺は部長兼監督の前島だ。そして、こいつらが、我が高校のスピードスターだ」

「山井」

「神井」

「川井」

キラーン。白い歯が光った。

本当に大丈夫か……⁉

あとがき

はじめまして。昼太（ひるた）といいます。祥太朗君のお母さんと同じ職場で働いていたご縁から、今回の作品集作成にあたりイラストを描いてほしいとご依頼を受けました。私自身、小さい頃に兄を亡くしております。そのようなことから不思議な縁のようなものを感じたこともあり、お引き受けすることにしました。

とはいえ、当のご本人がいない中で挿絵を描くというのは、なかなか難しいことでした。祥太朗君が書いた色々な作品に目を通すと、子どもらしい自由さで、とにかく思いつくままに（紙を替えて）次々と書いています。新しいアイデアが浮かぶたびに今書いているものを横に置いて、新しいものをとりあえず書き始めてしまう。そして振り返ると中途半端な作品がどんどん積み上がっているけれど、どれも書きたくて、でもどれから続きを書くべきかわからない…。同じような年頃の自分を思い出します。

そんなわけで、絵を描こうにも断片的なものが多く、中には物語のキーとなるアイテムでさえ情報がほぼないものもあり、結果的にほとんど自分のイメージになってしまいました。

果たして祥太朗君に納得してもらえるデザインになっているかどうか、不安が残ります。

私はよく描いた絵に〝似ている〟と言われます。思いを込めるとどんな絵を描いても自分らしさがにじみ出てしまうようです。

小学校の休み時間に友だちとじゃれ合いながら、一緒に遊べるゲームにもなる冒険物語や。青春時代のみずみずしさが溢れる眩しい詩、野球を通じて仲間との楽しい学生生活が表れている小説など――　祥太朗君の作品を読んでいるとそれらを書いた当時の彼の様子が、一度もお会いしたことがないのに思い浮かぶように感じます。

願わくは私の絵が祥太朗君の作品をより楽しめる手助けになっていれば幸いです。

昼太

ジャイロボール

2023年1月14日　初版発行

著者　　　　　中野祥太朗
発行者　　　　中野裕樹　中野洋子
イラスト・挿絵　昼太
装丁・デザイン　ビーニーズデザイン
発売元　静岡新聞社
　　　　〒422-8033 静岡市駿河区登呂3-1-1
　　　　電話 054-284-1666
印刷・製本　　三松堂株式会社

ISBN978-4-7838-8061-5 C0093